歴史読み枕草子

清少納言の挑戦状

赤間恵都子

三省堂

・本文に引用した『枕草子』原文は、次の本によりました。
松尾聰・永井和子校注／訳『新編日本古典文学全集18 枕草子』（小学館）
章段名・章段数もこの本によっています。
また、他の引用作品は、それぞれ次の本によりました。
『紫式部日記』 藤岡忠美・中野幸一・犬養廉・石井文夫校注／訳『新編日本古典文学全集26 和泉式部日記／紫式部日記／更級日記／讃岐典侍日記』（小学館）
『栄花物語』 秋山虔・山中裕・池田尚隆・福永武彦校注／訳『新編日本古典文学全集31 栄花物語1』（小学館）
『古今和歌集』 小沢正夫・松田成穂校注／訳『新編日本古典文学全集11 古今和歌集』（小学館）
『後拾遺和歌集』 久保田淳・平田喜信校注『新日本古典文学大系 後拾遺和歌集』（岩波書店）
『古今和歌六帖』 国歌大観編集委員会編『新編国歌大観 第二巻』（角川書店）
なお、読みやすくするため一部表記を改めたところがあります。現代語訳は、いずれも筆者によるオリジナルです。

・平安時代の女性の名前は、漢字の読み方の不明なものや定説のないものがあります。そのような場合には、慣例に従い音読みのふりがなをつけました。

ブックデザイン — **下野剛**
カバー図版 —— **繧繝縁・高麗縁（協力：株式会社 金井畳店）**
本文図版 —— **須貝稔・髙橋夕香**

目次

第二部 時代背景を見てみよう

はじめに
―紫式部と清少納言―

二〇一二年に、十一月一日を「古典の日」として国の制定する記念日に加える法案が成立しました。『紫式部日記《むらさきしきぶにっき》』によれば、藤原公任《ふじわらのきんとう》が紫式部に、「このわたりに、若紫やさぶらふ（こちらに、若紫さんはいらっしゃいますか）」と呼びかけたのが寛弘《かんこう》五年（一〇〇八）十一月一日で、これが『源氏物語』執筆に関する最初の記録になります。

それから千年後にあたる二〇〇八年は「源氏物語千年紀」ということで、京都を中心とした物語ゆかりの地でさまざまな企画が行われました。私も京都文化博物館を訪れて「源氏物語千年紀展」に展示された数多くの見事な文化財を鑑賞しましたし、東京では『源氏物語』をテーマにした雅楽の会に足を運び、廃絶した男踏歌《おとことうか》の再現や琴《きん》の演奏を観て感銘を受けました。千年も前に書かれた文学作品が、こんなにも幅広い豊かな伝統文化を現代にもたらしてくれることには今さらながら驚かされます。

藤原公任　205ページ主要登場人物解説参照。

男踏歌　正月十四日に、男たちが足を踏み鳴らし拍子をとって歌を歌いながら、宮中から貴顕の邸を巡った年中行事。

琴　奈良時代に中国よ

さて、このように人々の心を魅了し続ける物語の作者があからさまな敵意をもって指弾した相手が清少納言《せいしょうなごん》です。『紫式部日記』に記された次の文章は有名です。

清少納言こそ、したり顔にいみじうはべりける人。さばかりさかしだち、真名《まな》書きちらしてはべるほども、よく見れば、まだいとたらぬこと多かり。

清少納言といえば、得意そうな顔をして我慢のならない人です。あれほど偉そうに漢字をおおっぴらに書いていますけれど、よく見れば、まだまだ不十分な点がたくさんあります。

ずいぶん辛辣《しんらつ》な文章ですが、紫式部がここまで書いたということは、彼女にとって清少納言がそれだけ大きな存在だったということでもありましょう。紫式部が清少納言にライバル心を燃やす理由には、一条天皇の二人の后《きさき》にそれぞれが仕えていたという立場上の問題が関係します。でも、

り伝わった七弦の弦楽器。「琴《きん》の琴《こと》」とも呼ばれ、聖人の楽器として重んじられた。箏《そう》などとは異なり、柱《じ》を用いず、左手で弦を押さえ、右手で弾く。『源氏物語』では皇統の人物が演奏しているが、平安中期にはその奏法は廃絶していたとされる。

『紫式部日記』　紫式部が書いた宮仕え日記。中宮彰子の産んだ皇子誕生の記録を中心に、自叙伝や人物評、消息文などの文章もつづられている。引用部分の続きは208ページ参照。

一条天皇　201ページ主要登場人物解説参照。

それならなぜ、清少納言が紫式部に反論した記事は残っていないのでしょうか。

『枕草子』には紫式部の夫、藤原宣孝《のぶたか》の記事が取りあげられており、紫式部がそれに反発して先の文章を書いたのだという意見もあります。『枕草子』の宣孝の記事というのは、「あはれなるもの」という章段（一一五段）に書かれたものです。ただし、本題の「あはれなるもの」の項目とは関係のない挿入話です。

それは、藤原宣孝が吉野の金峰山《きんぷせん》に参詣する際に、「蔵王権現《ざおうごんげん》は粗末な装いで詣でよとはおっしゃるまい」と言って、息子とともにわざと派手な装束をまとって出かけ、願いをかなえたというもので、いかにも清少納言の好みそうな話題です。しかし、決して悪意をもって書かれてはいませんし、宣孝が紫式部と結婚する前のできごとであり、紫式部がことさらこの記事にこだわる理由はないと思います。

紫式部が藤原道長《みちなが》の娘、中宮彰子《ちゅうぐうしょうし》のもとに出仕したとき、一条天皇のもう一人の中宮だった定子《ていし》はすでに亡くなっており、定子に仕えていた清少納言のほうが紫式部をライバル視する立場にはいませんでした。にもか

藤原宣孝　〔?～一〇〇一〕長保《ちょうほう》元（九九九）年頃に紫式部と結婚し、賢子《けんし》（大弐三位《だいにのさんみ》）をもうけるが、長保三（一〇〇一）年四月に卒去。正五位下山城守。『紫式部集』に載る紫式部との和歌の贈答から、快活で行動的な人柄がうかがえる。『枕草子』の記事は正暦《しょうりゃく》元（九九〇）年、筑前守就任時の逸話。209ページ参照。

吉野の金峰山　奈良県吉野郡にある吉野山から山上ヶ岳までの連峰の総称。修験道の霊地として古くから信仰を

かわらず、なぜ紫式部が清少納言を一方的に攻撃しなければならなかったのでしょうか。

それは、定子崩御後も彼女が創りあげた後宮文化を知らしめる『枕草子』という作品が存在していたから、さらに、それが定子の遺した第一皇子を皇位継承者として世間に認めさせるような力をもっていたからではないかと私は考えます。彰子が懐妊し、道長の孫となる第二皇子が誕生したとき、第一皇子を支える文化圏の筆頭にいた清少納言をここぞとばかり罵倒するのは、道長家のお抱え女房として当然のことだったでしょう。

一般的に、紫式部と清少納言は、その作品や作品から推測される性格において対照的な女流作家であると見られてきました。しかし私には、二人が宮仕え女房として書くことに全身全霊を傾けたという共通点のほうが強く感じられます。二人は、後宮という場で文才を自負して生きる女性として、ともに時代に挑戦していた同士でもあったと思うのです。だからこそ、紫式部は清少納言の生き方が気になってしかたがなかったのではないでしょうか。

さらに清少納言については、没落貴族に仕えた女房として、もう一つの

集めた。修験道の主尊である蔵王権現が祭られている。

藤原道長 204ページ主要登場人物解説参照。

中宮 本来、律令制における皇后・皇太后・太皇太后の総称である「三后」を指したが、醍醐天皇の時代以降は皇后の別称となり、一条天皇以降は皇后と同格の天皇の妃を指すようになった。

彰子 藤原彰子。204ページ主要登場人物解説参照。

定子 藤原定子。202ページ主要登場人物解説参照。

挑戦をしていたと考えます。『枕草子』に書かれた史実記録的な記事は、時間の順には並んでいません。そこで作品内のあちらこちらに配置された章段を歴史と対照させながら読んでみると、清少納言が書かなかったことがたくさん見えてきます。書くべきことと書かないこと、その選択によって創りあげた『枕草子』を公表することで、清少納言は時代に挑戦していたのではないか、それが本書の副題である「清少納言の挑戦状」の意味するところです。清少納言の挑戦状とはどのようなものだと思われますか。ご一緒に、歴史に沿って『枕草子』を読んでいきましょう。

第一部

歴史に沿って
読んでみよう

I　栄華期

1　宮仕え称賛論

十二単《じゅうにひとえ》をまとった華やかな女性たちが後宮に集い、女流文学作品が次々と生まれた平安時代は女性の時代だと思われているかもしれません。しかし、その後宮は藤原摂関政治の中枢的な役割を担っていました。上流貴族は、娘を皇室に入れて皇子を生ませ、皇子を即位させたあかつきに天皇の外祖父として権力を握ることを目指します。つまり後宮は、男性社会の政治的戦略の枠組みの中で営まれていた限られた世界でした。紫式部も清少納言も摂関家に雇われ、それぞれの後宮の存在を誇示するために働いていたのです。

しかし一方、当時の一般的な中流貴族の女性の一生は現代とは比べようもないほど閉鎖的でよりどころのないものでした。生まれてから未婚の娘時代は父親の加護のもとに育てられ、十代半ばで成人してからは親族以外の男性とは顔を合わせることもなくなります。親の意向によって身分相応

藤原摂関政治　平安時代に藤原氏(藤原北家)の一族が、代々摂政(天皇の代理者)や関白(天皇の補佐者)、あるいは内覧(政務代行者)となって、政治の実権を独占し続けた政治形態のこと。摂政や関白に任ぜられる家柄のことを摂関家と呼ぶ。

外祖父　母方の祖父。天皇の父方は代々天皇なので、臣下が権力を

の相手と結婚し婿を家に通わせるようになると、一夫多妻制のもとでひたすら夫を待つ日々が始まります。そして子供が生まれると、家族の世話、雇用人の管理など一家の主婦としての生活に明け暮れてゆくのです。どんなに頭が良くて才能があっても社会の表舞台に立つことはなく、一生を裏方として終える人生が、生まれたときから女性に定められた人生なのでした。

紫式部が幼い頃、兄が父に学問を教わっているのを傍らで聞いていて、兄より先にその内容を理解したので、父が「お前が男でなかったのが不運だった」と嘆いたという話（『紫式部日記』）は有名です。それは決して自慢話などではなく、紫式部のような才女ならなおのこと、どうして女は自分の能力を生かすことができないのかという悔しさ、やりきれなさが書かれているのです。当時の女性の社会的不遇に対する紫式部の義憤を読み取るべきだと思います。清少納言も同様な思いを抱いていたに違いありません。そして彼女の場合、女性が社会で活躍できる唯一の現実的な場所として、後宮という世界を選んだのです。

清少納言の宮仕え称賛論と言われる章段（二二段「生ひさきなく、まめ

握るためには、天皇と婚姻関係を結ぶ娘を持ち、さらにその娘が男児を産むという運が必要だった。

やかに」）に、女性の宮仕えに対する積極的な意見が書かれています。この段は『枕草子』執筆の内的動機として重要なものと考えられますので、以下に大体の内容を紹介しておきましょう。

将来のあてもないのに真面目に偽物の幸せ（世間一般の結婚生活の幸せ）を信じている女って、いったい何を考えているの、ばかみたいと私には思われます。宮仕えに出られるくらいの身分の家の娘であれば、一度は宮廷社会に出して世間のいろいろなものを見聞きさせ、しばらくの間でも一流の女官として働かせたいもの。

……とはいっても、宮仕えに出れば、天皇から下賤の者まであらゆる身分の相手と顔を合わさざるをえないから、男たちの中には宮仕えは軽薄で悪いことだと思って批判する者もいます。それも当然のことだとは思いますが、でも、結婚した後に宮仕え中に身につけた知識を夫のためにさりげなく役立てるのが、本当に奥ゆかしいということではないでしょうか。

全文は210ページ参照。

清少納言は、夫と別れ、父と死別した後、この持論を胸に抱いて宮仕え生活に踏み出したと思われます。王朝時代の女性にとっては、かなり勇気のいる決断です。女性の社会進出が当然のこととして認められている千年後の現代社会を彼女がもし見たら、どう思うだろうかと想像したくなってしまいますね。

2 正暦四年 初めての宮仕え

① 定子との出会い

清少納言が初めて出仕した年は、正暦《しょうりゃく》四（九九三）年だったと考えられています。『枕草子』には、それ以前のできごとを扱った章段もいくつかありますが、それはひとまずおいて、まず、初出仕の日のできごとを記した章段から見ていきたいと思います。

宮にはじめてまゐりたるころ、物のはづかしき事の数知らず、涙も落ちぬべければ、夜々《よるよる》まゐりて、三尺の御几帳《みきちやう》のうしろに候《さぶら》ふに、絵など取り出でて見せさせたまふを、手にてもえさし出づまじうわりなし。（一七七段）

中宮御所に初めて出仕したころ、何もかも恥ずかしいことだらけで、涙も落ちてしまいそうだったので、毎夜参上して、三尺のついたての後

几帳　寝殿作りの室内で、隔てに使った調度。土居という台に二本の柱を立て、横木を渡して帷子《かたびら》という布を掛けて垂らし、野筋《のすじ》というひもを付ける。柱の高さにより、三尺

ろに控えていたところ、中宮様が絵などを取り出してお見せくださるのですが、それに私は手さえも差し出すことができそうにない状態でどうしようもなくつらいのです。

定子サロンの看板女房として上流貴族の男性陣と互角に渡り合うことになる清少納言も、初宮仕えの時の緊張は相当なものでした。それまで他人と顔を合わせることに慣れていなかった彼女は、顔を人に見られることが恥ずかしくて、毎日、夜にしか参上できないありさまでした。うだつの上がらない中流貴族の生活から、今をときめく関白家、さらに宮廷という雲の上の世界に足を踏み入れたのですから無理もありません。身分制度のない現代社会では考えられないくらいの緊張、と同時に未知の上流界への憧れが清少納言の感覚を麻痺《まひ》させてしまうのです。

その清少納言を待ちかねていたのが中宮定子でした。有名な歌人清原《きよはらの》元輔《もとすけ》の娘ということで興味をもっていたのでしょう。自分から清少納言に近づき、じかに声をかけてきます。そこには、権勢家の娘として生まれ、后となった定子の積極的で好奇心旺盛な姿が描かれています。

（約九一センチメートル）のものと四尺（約一二一センチメートル）のものとがある。

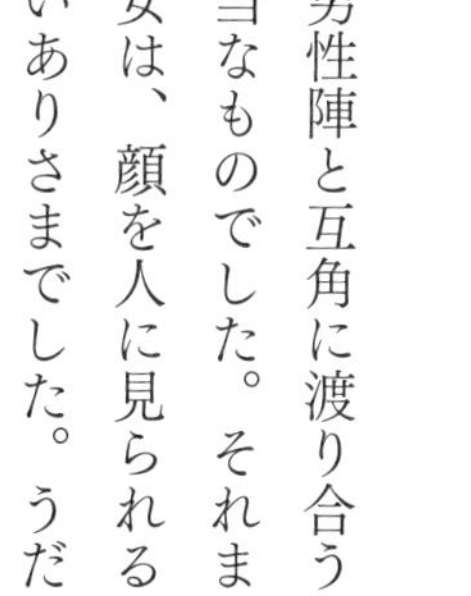

清原元輔　207ページ主要登場人物解説参照。

このとき、定子は十七歳、清少納言はそれより十歳ほど年上だったと考えられます。しかし、極度の緊張のために定子の前では一言も発することができませんでした。顔も上げられない清少納言の目に止まったのは、定子が彼女の気を引こうとして絵を差し出したときに袖口からのぞいた手でした。

いとつめたきころなれば、さし出でさせたまへる御手のはつかに見ゆるが、いみじうにほひたる薄紅梅《うすこうばい》なるは、限りなくめでたしと、見知らぬ里人心地には、「かかる人こそは、世におはしましけれ」と、おどろかるるまでぞまもりまゐらする。……久しうなりぬれば、「おりまほしうなりにたらむ。さらばはや。夜さりはとく」と仰せらるる。ゐざりかくるるやおそきと、上げ散らしたるに、雪降りにけり。（一七七段）

とても冷たい時期なので、差し出された中宮様の御手が袖口からわずかに見えていて、それが大変つややかで薄紅梅色をしているのはこの上もなくすばらしいと思い、宮中を見慣れない田舎者の気持ちでは、「こんな方がこの世にいらっしゃったのだ」という驚嘆の思いで、じっとお見つめ申しあげます。

……ずいぶん時間がたちましたので、「もう部屋に下がりたくなったでしょう。では、早く下がりなさい。夜になったらすぐに上がるように」と中宮様は仰せになります。私が膝行《しっこう》して隠れるやいなや、女官たちが窓を開け放ったところ、なんと雪が降っていたのでした。

冷たい外気に反応して、うっすらとピンク色を帯びてつやめいている美しい指先。上流貴族の娘として大切に育てられ、今、中宮として宮廷に君臨している若々しい女主人の手……それが、清少納言の印象に残った定子の最初の記憶でした。

定子の前で数時間留められ、やっと退出を許されて緊張が解けた時、清少納言の目に映ったのは、庭に降り積もった白い物でした。ああ、雪が降っていたのかと思い、そこで一時我に返ります。このあたりの描写はさすがです。

膝行　ひざまずいた姿勢で膝で移動すること。貴人の前での作法。

さて、翌日は昼間から度々のお召しがあり、同室の先輩女房の忠告を受けて再び定子のもとに向かうことになりますが、そのとき、清少納言の目に入ったのは、火焼き屋《ひたや》の上にまで降り積もった雪でした。一晩でかなりの量の雪が降り積もった様子から、季節は冬ではないかと考えられます。

定子の前に出ると、依然として緊張で凝り固まっている清少納言。そこに登場したのが大納言藤原伊周《これちか》、すなわち定子の兄でした。

②物語や絵のような世界

定子の父の関白藤原道隆《みちたか》は容姿の美しい人だったようです。『大鏡』には、四十三歳で亡くなる直前の道隆の姿を目にした源俊賢《みなもとのとしかた》が、「病づきてしもこそかたちはいるべかりけれ（病気にかかった時こそ、美貌は必要なものだったよ）」と言ったと記されています。

その道隆の血を引いた定子の兄の伊周も少しふくよかな体格だったようですが、見栄えは悪くありませんでした。清少納言の宮仕え第二日目に登場した彼は、上下紫の直衣《のうし》姿が雪景色の中にくっきりと映えて、「いみじ

火焼き屋 宮中を警備する衛士《えじ》が、夜間にかがり火をたいて見張りをする小屋。

大納言 太政官の次官。国政に参画し、天皇の命令の伝達をつかさどり、大臣の代行をすることもある。

藤原伊周 202ページ主要登場人物解説参照。

関白 すべての官職を統括し、天皇を補佐して政務を執り行う最高位の役職。令外《りょうげ》の官の一つ。

藤原道隆 202ページ主要登場人物解説参照。

『大鏡』 平安時代後期に書かれた歴史物語。

うをかし（とてもすてきだ）」と書かれています。

当時は台風や雷雨など天候に異変が起こった後には、荒天見舞いの殿上人が後宮を訪問します。邸《やしき》のどこかが壊れたり、通り道に支障が生じたり、何か不都合はないかを確認するためでもありました。伊周も妹中宮の積雪見舞いに訪れたのですが、そこで二人の間に交わされた、和歌を踏まえた応酬は、几帳の後ろからのぞいていた清少納言を瞠目《どうもく》させます。

物語にいみじう口にまかせて言ひたるに、たがはざめりとおぼゆ。（一七七段）

物語でどこまでも口から出任せに言っている理想的な情景と、少しも違わないようだと思われます。

日常会話で和歌を交えて応酬するなど、物語の世界だけの話だと思っていたのに、それが、現実に目前で行われているのです。さらに、この時の定子の姿を描写した後には、次のように記されます。

作者未詳。藤原道長の栄華に至るまでの摂関家の歴史を、各人物ごとに伝記をまとめる方法で生き生きと描く。

源俊賢 206ページ主要登場人物解説参照。

直衣 天皇や男性貴族の平服。

（紫式部日記絵詞）

絵にかきたるをこそ、かかる事は見しに、うつつにはまだ知らぬを、夢の心地ぞする。（一七七段）

絵に描いてあるものではこのような場面は見ましたが、現実世界ではまだ知らないので、夢のような気持ちがします。

物語や絵のような現実離れした世界、これが、初めて上流貴族社会に接して抱いた清少納言の感想でした。周りの情景にすっかり心を奪われ、田舎者の傍観者として後宮を眺めている清少納言に、この後大変なことが起こります。女房の誰かにそそのかされた伊周が、清少納言を見つけて、すぐそばまでやってきたのです。

伊周は清少納言が隠れていた几帳をどかして正面に座ります。そして、宮仕え前に耳にした清少納言に関するうわさを持ち出して、これは本当なのかと聞いてきます。それまでの清少納言にとって、伊周ははるか遠い存在でした。見物好きの清少納言が、いつか天皇の行列を見に行った折、行列に加わっている伊周がちょっとでも彼女の乗っている車のほうに目を向けただけで、簾《すだれ》を引いて隙間をふさぎ、車中で扇をかざして透き影も見えないように顔を隠していたのに、今、その伊周が目の前で直接自分を見つめているのです。身の程もわきまえずにどうして宮仕えに出てきてしまったのかと、冷汗もしたたり落ちる状態の清少納言。対する二十歳そこそこの大納言伊周は、清少納言が顔を隠している扇まで取りあげてしまいます。しかたなく髪を振りかけて顔を隠そうとしますが、今度はまったく自信のない髪筋を見られているのが恥ずかしくてたまりません。

一方の伊周は、清少納言の扇をもてあそびながら、「この絵は誰に描かせたのだ」などと言ってなかなか返してくれません。清少納言はついに袖を顔に押し当ててその場に突っ伏してしまいました。化粧の白粉《おしろい》が着物に移って顔はまだらになっているにちがいないと思いながら……。

追いつめられて身動きもできない清少納言を見兼ねて、助け船を出そうとしたのは中宮定子でした。手元にあった本を指し示して兄を自分のほうへ来させようとします。ところが伊周は、清少納言が自分を離してくれないのだととんでもない冗談を言い、さらには、清少納言が世間の書家の筆

車 牛車《ぎっしゃ》のこと。牛にひかせた、貴族の乗用の車。

（輿車図考）

跡を全て知っているから本をこちらによこすようにと言うのです。

関白家のお坊ちゃんにからまれ、ほとほと困り果てている清少納言の様子が想像できますね。作者自身もこの章段を書きながら、宮仕えの当初を思い出して思わずほほえんだのではないでしょうか。

3 季節は春か冬か

初めて宮廷に出仕してから数日間の清少納言の緊張は大変なものでしたが、しばらくすると宮中の生活にもしだいに慣れていきました。初宮仕えの頃を記した章段の後半に、次のようなエピソードが載っています。

物など仰せられて、「われをば思ふや」と問はせたまふ。御いらへに、「いかがは」と啓するに合はせて、台盤所《だいばんどころ》の方《かた》に、鼻をいと高うひたれば、「あな心憂《こころう》、そら言を言ふなりけり。よしよし」とて、奥へ入らせたまひぬ。（一七七段）

中宮様が何かお話をされたついでに、「私のこと、好きかしら」とお聞きになります。お返事として、「どうしてお慕い申しあげないことがございましょう」と、申しあげる言葉と同時に、台所のほうで誰かが大きなくしゃみをしたので、中宮様は「まあ、いやだ、お前はうそを言ったのね。もういいわ」とおっしゃって、奥へお入りになってしまいました。

「われをば思ふや」と清少納言に問いかける定子の自信に満ちた誇らしげな態度はどうでしょう。今を時めく唯一の中宮という立場に何の陰りもありません。こんなふうに正面切って問われた女房は何と答えたらよいのでしょうか。この時の清少納言のように、言葉少なに強調表現で答えるしかないでしょう。

ところが、その時、事件が起こりました。清少納言が言葉を発するのと同時に台所のほうで誰かが大きなくしゃみをしたのです。そこで、清少納言の返事はうそだったのかと定子は決めつけていますが、心の中では、「こんなふうに言ったら、どんな反応するかしら」とおもしろがっていたに違いありません。とても茶目っ気のある中宮様なのです。

当時、くしゃみは不吉なものとされ、人前ではなるべくしないように慎んでいたようです。現代でも風邪のひき始めなどに出ることから考えると、くしゃみは体調をくずす前兆と見られていたからかもしれません。ちなみに本来、「くしゃみをする」という言葉は、『枕草子』本文のように、「鼻（を）ひる」という語だったのですが、くしゃみをしたときに「休息万命《くそくまんみょう》」と唱えた呪文を早口で「くさめ」と言うようになり、それがくしゃみという言葉に変化したと言われています。

さて、清少納言はすっかり気持ちが落ち込んでしまいました。どうして、よりによって、あんなタイミングでくしゃみなんかしてくれたことだろうと、くしゃみの主が憎らしく、悔しくてしかたありません。でもまだ新参者の初々しい頃だったので、何の言葉も返すことができないままに夜が明け、自分の部屋に戻りました。その直後、定子から清少納言に和歌が届けられます。

いかにしていかに知らましいつはりを空にただすの神なかりせば　（一七七段）

休息万命　平安時代後期の有職故実書《ゆうそくこじつ》（古来のしきたりを記した書）である『簾中抄《れんちゅうしょう》』に見える。また、『徒然草《つれづれぐさ》』第四七段に、清水寺詣での尼が「くさめくさめ」と絶えず呪文を唱え、比叡山《ひえいざん》に仕えている養い君（＝乳母として育てた子供）の健康を案じていたという話が載っている。

いったいどうやって（お前の言葉が本当かどうか）知りましょうか。もしも天にうそをただす、糺すの神がいなかったとしたら、決して知ることはできなかったでしょう。

これにはどうしても答えねば、と清少納言も返歌をしました。定子は、まだ宮仕えに十分に慣れていない清少納言に、何とか答えさせようと思っていたのかもしれません。

さて、二人のこの贈答歌が清少納言の初宮仕えの時期を春と考える説の根拠になっています。定子から送られた手紙が浅緑色であり、清少納言の返歌に花が詠まれているからです。それはこの章段の始まりに、季節は冬ではないかと推定したことと合いませんね。実は初宮仕えの時期については冬か春かで意見が分かれているのです。

最後の逸話は早春のことと見ていいと思います。しかし、定子と初めて出会ったころの記事は冬でいいのではないかと思います。つまり、初宮仕えを扱った一つの章段に、冬から春にかけての数か月間のできごとが記されていると見れば、季節の矛盾はなくなると私は考えています。

糺すの神　京都の下鴨《しもがも》神社が祭る神。下鴨神社付近には糺《ただす》の森もあり、「糺す（＝罪過の有無を追求する）」という意味にかけて和歌に詠まれた。

清少納言の返歌
薄さ濃さそれにもよらぬはなゆゑに憂き身のほどを見るぞわびしき
（花の美しさは色の濃淡によりますが、中宮様への私の思いの濃淡とは関係のない鼻のせいで、つらい我が身となっているのはやりきれません。）

3 正暦五年　散らない桜

1 清涼殿の桜

宮中で天皇が暮らす殿舎は清涼殿《せいりょうでん》と呼ばれ、公的儀式を行う紫宸殿《ししんでん》の西側に位置していました。清涼殿の北端には上御局《うえのみつぼね》と呼ばれる部屋があり、そこは後宮に暮らす后妃たちが天皇に召された際に使用する控室でした。この清涼殿の上御局を舞台にした章段があります。

正暦五（九九四）年、定子十八歳の春、清少納言の初宮仕えから半年後の時期です。清涼殿の丑寅《うしとら》の隅には手長足長という怪物の衝立障子《ついたてしょうじ》が据えられていました。丑寅は陰陽道《おんみょうどう》では鬼門とされる東北の方角で、そこから鬼が侵入するのを阻止するために不気味な怪物の絵が障子に描かれていたのです。部屋の出入り口の戸が開いていると、手長足長の絵がいつも目に入るので、女房たちはそれを嫌っていたと書かれています。

その部屋からは、簀子《すのこ》に置かれた青い大瓶《おおかめ》も見えました。それには、五尺（約一・五一メートル）程の桜の大枝が何本も差し込まれ、満開の花が

清涼殿・紫宸殿　219ページ清涼殿図、220ページ内裏図参照。

手長足長　古代中国の地理書『山海経』に記された怪物。手が異常に長いのが手長、足が異常に長いのが足長。

陰陽道　中国から伝来した思想をもとに成立した学問。陰・陽の二気と木・火・土・金・水の五行とで事物が成り立っているという説に基づき、天文、暦数、方位などを研究した。

簀子　寝殿造りの貴族

欄干の外まで咲きこぼれていました。現代でいうと、大瓶に植物を枝ごと差し込んだ大胆な生け花の趣向です。この桜がどんな意味をもっていたのか、またこれを設置したのは誰なのか。そのヒントは次に展開される話の中で明らかになります。

さて、定子の控室を兄の大納言伊周が訪れます。この日の彼は、桜襲《さくらがさね》の上着に身を包んで華やかに登場しますが、部屋の中に天皇がいらっしゃることに気づき、簀子に座ります。そのうち食事の時間になり、天皇は別室に移動しますが、食事が終わるやいなや、まだ後片づけも始まらないうちに定子のもとに戻ります。十五歳の若い天皇が三歳年上の中宮を姉のように慕っていた様子が想像されます。そして定子もそれに応えるように、天皇の御前で女房たちの教養テストを始めるのです。

定子が最初に出した課題は、「今、この場で思いつく古歌をすぐさま答えよ」というものでした。突然の出題に女房たちは緊張し、ふだんなら思い浮かぶ歌も出てこなくて、頭の中は真っ白、それと反対に顔はのぼせて赤くなっていきます。

色紙が回ってきた時、清少納言はまず、御簾《みす》の外に控えている伊周にそ

の邸で、建物の一番外側にある板敷の縁側。50ページ図版、219ページ清涼殿図参照。

桜襲　春に用いる衣装の色目。表に白、裏に赤または紫の衣を重ねる着方で、下地が透けて桜の色に見える。

御簾　寝殿造りの貴族の邸で用いた簾《すだれ》。50ページ図版参照。

れを差し出して、「これはいかが（これはどういたしましょうか）」と打診し、伊周から差し戻されています。その後で清少納言が答えたのは次の歌でした。

年経ればよはひは老いぬしかはあれど君をし見れば物思ひもなし　（二一段）

これは、『古今和歌集』（巻第一　春歌上）の太政大臣藤原良房《よしふさ》の歌を借りて、第四句の「花をし見れば」を一部改変したものです。良房の歌が詠まれた場面は、歌の詞書《ことばがき》に、「染殿《そめどの》の后のお前に、花瓶《はながめ》に桜の花をささせたまへるを見てよめる」と説明されています。「染殿の后」は文徳《もんとく》天皇の皇后、藤原明子《あきらけいこ》で、良房の娘です。良房は藤原氏で初めて摂政となり、摂関政治体制の基を築いた人物でした。

摂関政治の仕組みは、娘を后妃にして皇子を生ませ、その後、天皇の祖父となって政権を掌握することです。この歌は良房が、皇后となった娘を桜の花にたとえ、自分は年をとってしまったが、ようやく思いがかなうと

『古今和歌集』　醍醐《だいご》天皇の勅命により撰集された最初の勅撰和歌集。全二〇巻。紀貫之を中心に四人の撰者が一一〇〇首を撰んで配列も整えた。平安貴族文化を象徴する繊細優美な歌風で、以後の勅撰和歌集の模範とされた。

太政大臣　律令制における太政官の最高位の長官。

藤原良房　〔八〇四―八七二〕文徳天皇即位後、人臣として初めて太政大臣となって勢力を得、娘明子が生んだ清和天皇が九歳で即位すると、摂政になった。染殿大臣ともいう。

満足して詠んだものでした。

すなわち清涼殿の上御局の簀子に置かれた桜の大瓶は、この歌の背景を演出していたのです。『枕草子』の場に良房の歌を当てはめるなら、「花」は中宮定子を指すことになります。そして、この歌を詠むべき人物は定子の父関白道隆でした。

清少納言が先に詠歌を伊周に打診したのは、その場にいなかった道隆のかわりにこの歌を定子の兄に詠んでもらおうと思ったからではないでしょうか。ところが伊周に断られ、自分で詠まざるをえなくなりました。もし、清少納言がこの歌をそのまま引いたとしたら、自らが関白の立場に立つという無礼なことになってしまいます。そこで、中宮定子をたとえる「花」の語を「君」に変え、女房として主君をたたえる立場を示したのでした。

清少納言が答えた良房の和歌は、清涼殿に据えられた桜の大瓶の意図、すなわち定子を中宮として皇室に入れた関白道隆の威光を暗示していたのです。

では、この桜を設置したのは誰だったのでしょうか。もちろん定子も伊周も承知の趣向と思われますが、首謀者はこの場を外していた関白道隆

摂政 天皇が幼少か女帝であるときに、代わりに政治を行う職。もとは皇族から選ばれたが、平安時代にはもっぱら藤原氏が独占した。

だったと考えられます。なぜなら、『枕草子』の中には、道隆が企画したもう一つの桜の話があるからです。

②二条宮の桜

『枕草子』の日記的章段には印象的な桜が二つ描かれています。その一つが清涼殿の桜で、関白道隆の企画した趣向であったろうということを述べました。発案者は教養ある彼の正妻高階貴子《たかしなのきし》だった可能性も高いと考えられますが、それは内助の功ということにして、『枕草子』二六〇段にある、もう一つの桜についてお話ししようと思います。

正暦五（九九四）年春、関白道隆は父藤原兼家《かねいえ》の邸宅だった法興院《ほこいん》の中に積善寺《しゃくぜんじ》を建立し、一切経を奉納する法会を大々的に行うことになりました。それに参加するために、中宮定子が内裏から里邸の二条宮《にじょうのみや》に退出したときのことです。新造された二条宮は白く美しくて、寝殿の階段脇には、一丈（約三・〇三メートル）ほどの満開の桜の木が植えられていました。清少納言が、「ずいぶん早く咲いたものね。まだ梅の季節なのに」と思っ

高階貴子 203ページ主要登場人物解説参照。

藤原兼家 204ページ主要登場人物解説参照。

法興院 もとは藤原兼家の邸で、道隆が引き継いだのち、寺にして法興院と改名した。

一切経 仏教のすべての経典の総称。

てよく見ると、それは季節を先取りして設置された作り物の桜だったのです。

桜の木のレプリカを丸ごと作りあげるという趣向を考えたのは、定子の父の道隆でした。しかし、そこは作り物の桜。露に当たり、日に当たるごとに色あせしぼんでいきます。夜に雨が降った翌日の早朝、ついに見るも無惨な状態になってしまいました。そこに道隆の御殿のほうから従者たちがたくさんやって来ました。彼らはあっという間に桜を引き倒して持ち去ろうとします。道隆からの指令は、まだ暗いうちに誰にも見つからないように、ということだったらしいのですが、折あしく清少納言に見つけられてしまいます。

ほかの人々は起きてから桜のないことに気づいて驚きます。定子は父道隆の仕業だろうと推測しますが、事の次第を知っている清少納言は、「春の風がしたことでしょう」としらばくれています。その後、訪れた道隆と清少納言の間に、消えた桜を巡って応酬が繰り広げられていくのです。

関白道隆が生前催した最後の大々的な行事が積善寺供養です。それを扱った、『枕草子』の中でも特別に長い章段の最初の場面に描かれるのが、

二条宮　道隆が中宮定子のために正暦三（九九二）年十一月に新たに造営した里邸。

二条宮に据えられた桜の木です。これは関白としての道隆の権威と経済力を風雅な趣向として示したものであり、そんな桜だからこそ、惨めな姿を人前にさらすわけにはいかなかったのでしょう。

歴史記録を繰ってみると、この時期の道隆は徐々に持病の糖尿病が進行しており、積善寺供養の半年後の正暦五年末には政務を執ることもままならなくなっていました。そのため度々関白辞職を申し出て、天皇に差し戻されています。それから半年後の長徳元（九九五）年四月に薨去《こうきょ》という事態から推し量ると、最後の年の桜はもうゆっくりと賞《め》でることができなかったのではないでしょうか。病の床に伏す道隆の脳裏には、自らが企画して娘に贈った清涼殿の桜と二条宮の桜の情景が浮かんでいたかもしれません。

清少納言の時代に和歌文学の模範とされた『古今和歌集』は、時の移ろいを敏感にとらえる歌風で、散りゆく桜の花を数多く詠みました。しかし、『枕草子』の桜は華やかで美しく、そして決して散り落ちないことになっています。

二条宮に設置された造花の桜の木も、清涼殿に設置された大瓶の桜の枝も、中関白家《なかのかんぱくけ》の権勢と風雅によって創りあげられた桜です。『枕草子』が記し留めたのは、今は盛りと咲き誇る桜の時間のみであり、それは、中宮定子と中関白家が栄華の最中にいた一時と重なります。

歴史上、時間の推移とともに権力の中心からはかなく散り落ちた一族。それを連想するような桜の散り際から目をふさぎ、あくまで咲き誇った満開の桜を描くのが『枕草子』という作品です。

3 中宮としての資質

再び正暦五年の清涼殿に戻りましょう。天皇同席の上御局で中宮定子は女房たちに古歌を求め、清少納言は定子の期待に応えました。その時定子は、女房たちがそれぞれ課題に答えたことを評価した後で、清少納言の正答を承認する逸話を語ります。

定子が語ったのは、関白道隆がまだ三位中将《さんみのちゅうじょう》だった頃の話で、円融《えんゆう》天皇から殿上人たちに突然、詠歌が要求された時に道隆が見事に答えたというものでした。その時の道隆の答えは古歌の一句を改変したもので、清少

中関白家　道隆の一族を指す。42ページ参照。

三位中将　近衛府《このえふ》の中将で三位の位階を授けられた者の呼称。近衛中将は本来は四位だが、大臣の子や孫に対しては特別待遇がなされた。

円融天皇　201ページ主要登場人物解説参照。

納言と同じ答え方でした。定子は清少納言を直接褒めるのではなく、具体的な先例を掲げて正答を全員に周知させる方法をとったのです。そこに描かれているのは、多くの才女たちを束ねるサロン主人としての定子の姿です。でも、それだけではありません。逸話の主人公である道隆は定子の父で、円融天皇は一条天皇の父ですから、この話は、先代の洗練された文化を一条朝が藤原氏とともに直接受け継いでいることを語っています。ここには、関白の娘として中宮になった自らの立場をわきまえ、後宮の中心となって一条朝を盛りあげようとする定子の姿が描き出されているのです。

次に定子は、女房たちにもう一つ別の課題を与えます。それは、『古今和歌集』の歌の暗唱テストでした。これには清少納言もお手上げで、今度は誰も定子の期待に応えられませんでした。その様子を見た定子は再び逸話を語りだします。それは、村上《むらかみ》天皇女御《にょうご》であった左大臣藤原師尹《もろまさ》の娘芳子《ほうし》の話でした。当時の上流貴族の女性に必要な教養の例としてよく引用される話です。

師尹は子女の教育として、日ごろから娘に三つのことを課していました。それは書道と琴の練習、そして『古今和歌集』の全巻を暗記することでした。

村上天皇　201ページ主要登場人物解説参照。

藤原師尹　〔九二〇－九六九〕兄師輔を追って右大臣に昇進、さらに安和《あんな》二（九六九）年、左遷された源高明《たかあきら》の後任として左その話を伝え聞いていた村上天皇は、ある日突然、『古今和歌集』の本を持って芳子の局を訪れ、隔てを置いて和歌の暗唱テストを始めます。歌集の半分の十巻まで正解が続いたところで天皇は疲れ、途中でいったん休憩しますが、結局、一晩中かかって全二十巻をテストし終わり、芳子の間違いを一つも指摘することができなかったという話です。

定子の二番目の課題は、あらかじめこの話を念頭において出されたものだったのでしょう。話を聞き終えた一条天皇は、自分が村上天皇だったら、『古今和歌集』全巻のテストなんてとてもできないと、天皇の立場に立った感想を述べます。女房たち一同は、「昔は誰もが風流だったのですね。近頃はこんな話を聞くものですか」などと言い、感心し合います。この時、定子はまさに清涼殿の中心で皇室文化をリードしている堂々たる中宮でした。

ところで、二番目の逸話のヒロイン芳子は、少し垂れ目のかわいい顔立ちと豊かな黒髪をもつ美女でした。そのため、村上天皇が大変寵愛《ちょうあい》し、正妃であった右大臣藤原師輔《もろすけ》の娘安子《あんし》が激しく嫉妬したという話が『大鏡』に載ります。

『大鏡』によれば、ある日、清涼殿の上御局で芳子の隣室に居合わせた

大臣となるが七か月後に亡くなる。箏《そう》の名手や歌人として知られたが、高明らの左遷（安《あん》和《な》の変）の首謀者ともみなされ、『今昔物語集』では「極メテ腹悪キ人」と評された。

藤原師輔　［九〇八―九六〇］娘安子を村上天皇の皇后にして権勢を得、右大臣になる。その後、安子は冷泉《れいぜい》、円融の二人の天皇の母となり、師輔の息子たちが摂政関白となって、一門は繁栄した。九条殿と通称される。

安子は、壁に穴を開けてライバルの美貌を目撃し、くやしくなって食器のかけらをその穴から投げつけたということです。これがそのまま事実だとは思えませんが、女御の容色と教養が天皇の気持ちをひきつけた例でしょう。定子はこの芳子を上回る中宮としての資質を持ち、一条天皇を魅了していたと思われます。

④ 王朝文化と清少納言

『枕草子』には、清少納言が宮仕えする前のできごとで、宮中に語り伝えられていた話がいくつか書き留められています。その中の一つ、村上天皇に仕えていた兵衛《ひょうえ》の蔵人《くろうど》という女房のエピソードを紹介しましょう。

村上の先帝《せんだい》の御時《おほんとき》に、雪のいみじう降りたりけるを、様器に盛らせたまひて、梅の花をさして、月のいと明かきに、「これに歌よめ。いかが言ふべき」と、兵衛の蔵人に給《たま》はせたりければ、「雪月花の時」と奏したりけるをこそ、いみじうめでさせたま

兵衛の蔵人　村上天皇に仕えていた女蔵人で宮中の雑務を担当した女官。

雪月花の時　『白氏文集』の「殷協律《いんきょうりつ》ニ寄ス」という詩に、「琴詩酒ノ伴《とも》皆我ヲ抛《なげう》ツ、雪月花ノ時ニ最モ君ヲ憶《おも》フ」とあるのを踏まえている。「雪・月・花」

ひけれ。「歌などよむは世の常なり。かくをりにあひたる事なむ言ひがたき」とぞ仰せられける。（一七五段）

先の村上天皇の時代に、雪がたくさん降っていたので、天皇がそれを容器にお盛らせになり、梅の花をさして、月が大変明るい時に、「これに歌を詠みなさい。どのように言うのがふさわしいかな」と、兵衛の蔵人にお渡しになった時、「雪月花の時」と申しあげたのを、たいそうお褒めになりました。そして、「歌など詠むのは世間なみである。このような折にあったことはなかなか言えないものだ」と仰せになりました。

『枕草子』にはこの逸話とそっくりな話がもう一つ、一〇一段にあります。ただし、配役が一条天皇と清少納言に代わります。ある日、宮中の殿上の間から花の散った梅の枝を持った使者が来て、「これはいかが」と言ってきたので、清少納言が漢詩の詩句を利用して答えたところ、一条天皇がお聞きになって、「並みの和歌などを詠んで出すよりずっと優れている。よく答えた」と仰せになったというものです。

のそろった状態にこの詩句の後半を重ね、主上をお思い申しあげる気持ちを答えたもの。『白氏文集』については59ページ注を参照。

まるで清少納言が兵衛の蔵人を演じたような話です。このような話が記されたのはなぜなのでしょうか。ここで、当時の文化的時代背景について、少し考えてみましょう。

延喜《えんぎ》五（九〇五）年に醍醐《だいご》天皇の命令で、最初の勅撰《ちょくせん》和歌集である『古今和歌集』が編纂《へんさん》されました。それまでは、先進国中国の文学である漢詩が価値ある公的文学として認められ、男性貴族たちの間で詠まれていたのですが、『古今和歌集』の成立によって、和歌も宮廷文化の表舞台に立つことになります。仮名文字を扱う女性貴族たちにも流行した和歌は、王朝文化の中心的存在となりました。

この醍醐天皇の時代とともに、延喜・天暦《てんりゃく》の治としてたたえられたのが村上朝でした。村上天皇は一条天皇の祖父にあたり、その文化的逸話は、身近な王朝文化の模範として定子後宮でも大いに語られていました。先に紹介した、村上天皇女御芳子の『古今和歌集』暗唱の逸話はよく知られています。また、二番目の勅撰和歌集である『後撰《ごせん》和歌集』編纂を下命したのも村上天皇でした。

このような観点から見ると、兵衛の蔵人の逸話は、和歌文学隆盛の時代

醍醐天皇　［八八五－九三〇］第六〇代天皇。朱雀《すざく》天皇・村上天皇の父。

『後撰和歌集』　天暦五（九五一）年に宮中の梨壺を和歌所と定め、撰集作業が行われた。その

に、和歌で答えるべき場面で漢詩を即答して公に認められたことを語るものであり、時代の流れと逆行していることになります。その逸話をさらに清少納言自身が演じるのは、作者個人に関わる理由があるからではないかと考えます。

なぜなら、清少納言の父清原元輔は『後撰和歌集』の撰者の一人だったからです。つまり、清少納言は村上朝で活躍した歌人の娘という看板を背負って宮廷入りしたのです。そのため、宮仕え当初から定子や伊周に興味をもたれ、宮中の注目を一身に集めていました。清少納言も自らの立場を十分に自覚しており、家名を汚すまいという思いが強かったようです。

漢詩による応答を正当化する逸話の中には、並みの和歌を答えるくらいなら何も言うまいという作者の自意識が働いていると考えられます。そもそも『枕草子』が歌集ではなく散文体の作品であること、作品中に歌枕や歌語を扱いながら、その盲点を突いたり言葉遊びに傾いたりすることなども、束縛されていた和歌世界からの、作者自身の脱出願望の表れだったのかもしれません。

ため、清原元輔ら五人の撰者は梨壺の五人と称された。編集方針として、撰者の歌を一首も撰ばず、上流貴族の私的な贈答歌を多く撰んだ。

4 中関白家の子息たち

①藤原伊周

中関白《なかのかんぱく》というのは十二世紀頃から用いられてきた藤原道隆の通称です。藤原氏の関白の地位をゆるぎないものとした兼家と、摂関政治最盛期を築いた道長の間に、一時期、関白を務めたことから名づけられたとされています。この道隆の一族が中関白家で、定子の一家です。ここで定子の兄弟にあたる中関白家の子息たちを紹介しておきましょう。

『枕草子』に登場して風貌や言動が描写される道隆の子息には、道頼《みちより》、伊周《これちか》、隆家《たかいえ》、隆円《りゅうえん》がいます。このうち長男の道頼は他の兄弟とは母親が異なり、祖父兼家の養子となっていました。清少納言は彼について、「にほひやかなるかたはこの大納言にもまさりたまへる（つややかに美しい様子は大納言伊周にも優っていらっしゃる）」（一〇〇段）と記していますが、父譲りの美男子だったようです。姿形だけでなく性格もよかった道頼は、残念なことに父の死の二か月後に二十五歳で亡くなりました。

道頼　藤原道頼。203ページ主要登場人物解説参照。
隆家　藤原隆家。203ページ主要登場人物解説参照。
隆円　203ページ主要登場人物解説参照。

次に、正妻高階貴子を母として生まれ、道隆の後継者として育てられたのが伊周です。定子より三歳年上で、父の威光によって若くして内大臣にまで昇進しました。派手やかな衣装をまとった彼の見栄えのする姿が『枕草子』に描かれています。

平安時代の美男美女に対する感覚で現代とやや異なると考えられている点の一つに、太っていることに対する評価があります。清少納言は、貴人に仕える若い従者については、身のこなしの軽い細身の男性を評価し、あまり太っているのは眠たそうに見えると書いていますが、若き人（身分のある若い人）、乳幼児、そして受領《ずりょう》などの年輩者は、太っているほうがいいと言っています。高貴な身分の男は、ふくよかで貫禄《かんろく》のあるほうが位の重みを感じさせたのでしょう。

その点、道隆は関白の地位にふさわしい美丈夫として認められていたのですが、息子の伊周の場合は、どうも太り方の度が過ぎていたようです。『大鏡』には、伊周が太っていたため、内裏の狭い通路に押しかけた下人たちを素早くよけられず、仕切りの塀に押しつけられたまま身動きがとれなくなってぶざまな姿をさらしたという記事が載っています。

教養の面では、母貴子の漢学の素養が彼に影響を与えたと考えられますし、大柄な身体も朗詠には向いていたのでしょう。漢詩を朗詠する伊周の姿が『枕草子』に度々取りあげられ、漢詩の実作も残っています。

一方、政治的な資質については、父関白の威光と妹中宮の存在がありながら、叔父である道長との権力争いに完敗するわけですから、人の上に立つ器ではなかったと判断されます。伊周に左遷の宣命が下された際の状況について、『枕草子』は黙して語りません。しかし、『栄花物語』には、検非違使《けびいし》が連行に来ても、いつまでも母や妹と手を取り合って泣いている、往生際の悪い伊周の様子が描かれています。また、母親の危篤を知り、配流地を密かに抜け出して定子の邸で再逮捕されるなど、情にもろく、自らの行動を客観的に把握できない面があると考えざるをえません。『大鏡』に「嬰児《みどりご》のやうなる殿（幼子のような殿）」と酷評されているのもうなずけます。若い頃から父の加護のもとで甘やかされて育ったためではないでしょうか。伊周は定子とは仲のよい兄妹でしたが、妹のほうが指導者としての資質は勝っていたのかもしれません。

『栄花物語』 平安時代後期に書かれた歴史物語。藤原道長の栄華と死、子孫の繁栄について、さまざまな資料を用いて描く。道長をたたえるために不都合な政治的記述は避けられ、歴史の改ざんも所々に見られる。

検非違使 平安時代に、治安維持のために設置された、いわば警察官。おもに京内外の警備と盗賊等の追捕を行った。

2 藤原隆家

中関白家の伊周のすぐ下の弟が隆家です。ただし、年齢的には二人の間に定子が入り、隆家は定子より二つ下の弟になります。さらにその一つ下に出家した隆円という弟がいます。当時の権門貴族は、一族の繁栄と加護を祈るために、跡継ぎ以外の子息の一人を僧にすることを慣例にしていました。隆円は十五歳で権少僧都《ごんのしょうそうず》になり、定子の出産時の祈禱《きとう》の折に奉仕しました。『枕草子』にも「僧都の君」と称されて登場しています。

さて、隆家は父関白の抜擢《ばってき》により十七歳で中納言になりました。軟派でお坊ちゃんの兄伊周に対して、硬派でやんちゃな弟が隆家です。『枕草子』九八段に登場する彼のエピソードを紹介しましょう。

ある日、隆家が定子に、すばらしい扇の骨を手に入れ、それに張る最上の紙を探していると言うので、定子がどんな骨なのか尋ねたところ、全くまだ見たこともない骨の様子だと得意げに言いました。そこで、清少納言が、「それなら扇の骨ではなく、クラゲの骨のようですね」と口を挟んだところ、隆家は、「これは自分が言ったことにしてしまおう」と笑ったと

権少僧都　僧正の下にあって僧尼を統轄する僧綱《そうごう》職の四等官。隆円は摂関家の男として初めて僧綱に任ぜられ、その後権大僧都に至った。

中納言　太政官の次官。もともと次官は大納言だけだったが、令《りょう》外《げ》の官として置かれた。大納言と同じ職務だが、大臣の代理はできなかった。

いう話です。負けず嫌いの彼の性格がうかがえますね。

そんな隆家ですから、奇矯な行動で何かと話題の多い花山《かざん》法皇の挑発にのってしまうこともありました。『大鏡』によれば、あるとき、花山法皇に、「いくらおまえでも、わが家の門前を通り過ぎることはできまい」と言われた隆家が、大勢の従者を引き連れて法皇の邸に出向き、法皇邸の荒法師たちとにらみ合った末に引き返したということです。長徳の変の発端となった事件で法皇に矢を射かけたのも、隆家の法皇に対する日頃の挑み心が行きすぎて調子に乗ってしまったためではないでしょうか。それが後に大変な事態を引き起こすとは思ってもみなかったに相違ありません。

性格的な面で父道隆の快活さを受け継いだ隆家は、政敵だったはずの道長に好意をもたれていた人物でもあります。再び『大鏡』の記事を紹介しましょう。

隆家が左遷地から召還され不本意な日々を送っていたある日、道長が自邸で催した宴会にわざわざ隆家を招待しました。道長が装束のひもを解いてくつろぐように勧めても隆家は躊躇《ちゅうちょ》しています。そこで、同席していた藤原公信《きんのぶ》が隆家の装束のひもを解こうとしました。そのとたん、隆家が「自

花山法皇　花山天皇。201ページ主要登場人物解説参照。

藤原公信　206ページ主

分は不運なことがあっても、おまえにこのようにされるような身ではない」と一喝したため、道長が自ら隆家の衣装のひもを解いたところ、機嫌が直り、いつも以上に杯を重ねたということです。

後に隆家は大宰権帥《だざいのごんのそつ》として九州に下りました。任地ではよく治政を行って九州全土の人々の人望を集めたうえ、海外から賊が襲来した折には地元豪族の士気を奮い立たせてともに戦い、勝利して功績をあげました。道長の人を見る目は確かだったといえるでしょう。

隆家に対して述べられた「大和心《やまとごころ》かしこくおはする人」とは、政治家としての判断力と実行力を備えた人物に与えられる『大鏡』流の最上の評価です。さらに、もし隆家が定子の産んだ皇子の後見となって国政を執ったなら、天下はうまく治まるだろうと期待されていたとまで書かれています。

関白家のかつてのやんちゃ坊主は、没落貴族のままにしておくには惜しい人物に成長しましたが、その気骨ゆえに二度と政治の表舞台に立つことなく、六十六歳の生涯を終えました。

要登場人物解説参照。

大宰権帥 大宰府の長官である大宰帥の臨時官。長徳の変で大宰権帥に任ぜられた伊周の場合は、左遷を意味していたが、隆家の場合は、長官の帥に代わって現地で実際の政務にあたった。

Ⅱ 政変期

1 長徳元年 没落の始まり

① 中関白道隆の死

藤原兼家《かねいえ》は一条天皇の外祖父となり、宮廷でも我が物顔に振る舞っていた人物です。その兼家の長男として関白の位を継いだのが道隆《みちたか》でした。父の威光で異例の出世をしたことは伊周《これちか》の場合と同じですが、政敵となる相手はおらず、スムーズに関白の地位に就きました。容姿端麗、明朗快活、酒豪でよく冗談を飛ばす人物だったようです。周囲に気を配り、場を取り持つことの得意な道隆のエピソードを『大鏡』から紹介しましょう。

道隆のすぐ下の同母弟に道兼《みちかね》がいます。その道兼の長男の福足君《ふくたりぎみ》はとんでもない駄々っ子でしたが、ある時、祖父兼家の六十歳の祝宴で舞を披露することになりました。その当日、大方の予想通り、福足君は舞台に登るなり駄々をこねて結った髪をほどき、衣装を引き破って舞うのを嫌がりま

道兼 藤原道兼。204ページ主要登場人物解説参照。

した。その時、道隆が突然舞台に登り、おいの体をとらえて舞わせ、自分も一緒に見事に舞い収めました。道隆の機転のおかげで場は盛り上がり、道兼の恥も隠れて誰もが感嘆したということです。ちなみに福足君は、その後、蛇をいじめた祟《たた》りで頭に腫れ物ができて亡くなったと書かれています。

そんな道隆が正妻として選んだのは、高貴な血を引く女性ではなく、内《ない》侍《し》として宮中に仕えていた高階貴子《たかしなのきし》でした。貴子は男性顔負けの漢詩人で教養の高い女性でした。定子後宮の独創的な文化を作り出したのは、もとをただせば道隆のこの結婚にあったと言えるでしょう。

中関白家《なかのかんぱくけ》の当主として大きな存在であった道隆は、次女の原子《げんし》を皇太子妃にした直後の長徳元（九九五）年四月に、四十三歳で突然死去します。『枕草子』一〇〇段には、宮中に参内した原子と定子が対面する場面が描かれており、そこでは后妃になった二人の娘を前に、道隆が、いつものように冗談を言って女房たちを笑わせています。しかし、歴史資料によると、道隆は病のために、前年秋から出仕もままならず、何度も辞表を提出しては差し戻されている状態でした。原子参内から二か月後に死去することになる道隆を描きながら、『枕草子』の記事はそんな不安の陰などみじんも感

内侍　天皇付きの女官。内侍司《ないしのつかさ》の三階級である尚侍《ないしのかみ》、典侍《ないしのすけ》、掌侍《ないしのじょう》のうち、特に掌侍をさす。貴子は円融《えんゆう》天皇の掌侍だった。

原子　藤原原子。203ページ主要登場人物解説参照。

中宮定子が居所としていた登華殿を訪れる原子、道隆と貴子

（枕草子絵詞）

『枕草子』一〇〇段「淑景舎《しげいさ》、春《とう》宮《ぐう》にまゐりたまふほどの事など」の場面（部分）。

場所は、内裏の登華殿《とうかでん》の東廂《ひがしびさし》の間。左側には、定子と、定子のもとを訪れた東宮妃・原子（定子の妹…左端に着物の一部が見える）と二人の両親である道隆と貴子が暖をとるために火桶《ひおけ》を囲んでいる姿が描かれ、右側には、御簾《みす》の外の廊を二人の童女が洗顔用の手水《ちょうず》を持ってやってくる姿が描かれている。

① 御簾《みす》
② 障子《しょうじ》
③ 几帳《きちょう》
④ 小紋高麗縁《こうらいべり》の畳
⑤ 火桶
⑥ 長押《なげし》

⑦ 褥《しとね》
⑧ 繧繝縁《うんげんべり》の畳
⑨ 屏風《びょうぶ》
⑩ 簀子《すのこ》

じさせません。この場面は、『枕草子』で道隆が登場する最後の記事になっています。

『大鏡』では、道隆の病気は長徳元年に流行して多くの人々が亡くなった疫病によるものではなく、飲酒が原因だったと記されています。また、死に際に念仏を唱えるように言われた時、道隆は「済時《なりとき》、朝光《あさてる》なども極楽に行くだろうか」と言ったとあります。二人とも彼と相前後して亡くなった道隆の飲み友達でした。

まだまだこれからという時に世を去らねばならなかった道隆ですが、自らの政権掌握に対する執着心があまり感じられないのはなぜでしょうか。彼が後継者として定めた伊周は、学才はあっても政治家としての資質は十分に備えていませんでした。道隆の死後に残された中関白家の一族は、瞬く間に零落していくことになるのです。

済時　藤原済時。〔九四一–九九五〕藤原師輔《もろすけ》の弟師《もろ》尹《まさ》の子。大納言や左大将を務め、道隆を補佐した。

朝光　藤原朝光。〔九五一–九九五〕藤原兼通《かねみち》の子。大納言や左大臣を務め、道隆を補佐した。

2 服喪中の遊び

長徳元（九九五）年四月に中関白道隆が亡くなり、中宮定子後宮は一年間の喪に服します。紅梅襲《こうばいがさね》が好きだった定子の衣装も色とりどりの女房たちの十二単《じゅうにひとえ》も、すべて喪服の鈍色《にびいろ》に変わりました。しかし、よほど気をつけて『枕草子』を読まないと、その変化に気づかないでしょう。そこには父道隆の死を悲しむ定子の姿も、葬儀のことも、いっさい記されていないからです。

それでも道隆の服喪中であることを冒頭に示して始まる章段が二つあります。一五五段「故殿《ことの》の御服《おんぷく》のころ」と一二九段「故殿の御ために」の段です。

「故殿の御服のころ」の段は、長徳元年の六月末、宮中の大祓《おおはらえ》の神事に際して服喪中の定子が内裏から退出し、太政官庁の朝所《あいたどころ》に仮住まいした時の記事です。朝所は、儀式の折に官僚たちの会食場所となった建物です。

そこは清少納言がふだん見慣れた宮殿とは異なる瓦屋根の低い建物で、格子がなく簾《すだれ》だけがかかっている簡素な造りの場所でした。興味津々の女

紅梅襲　初春に用いる衣装の色目。表に赤、裏に蘇芳《すおう》（黒味を帯びた赤）を重ねて着る。若い女性が着用する。

鈍色　濃い灰色のこと。喪の色や出家の色とされ、喪服や僧衣の染め色となった。喪服の場合、故人との関係の深さによって濃淡を変えた。

大祓　毎年六月と十二月の末日にけがれを払い清める宮廷行事。

太政官庁　大内裏の南東にあった太政官の役所。役人の昇任式などの儀式を行った。221ページ大内裏図参照。

朝所　221ページ大内裏図参照。

房たちは庭に下りて探検を始めます。時報の鐘を打つ陰陽寮《おんみょうりょう》のすぐ横に当たるので、鐘の音がとても間近に聞こえます。若い女房たちはおもしろがってそこまで行き、大胆にも階段から高楼に登ります。その様子が次のように書かれています。

これより見あぐれば、ある限り薄鈍《うすにび》の裳《も》、唐衣《からぎぬ》、同じ色の単襲《ひとへがさね》、紅の袴《はかま》どもを着てのぼりたるは、いと天人などこそえ言ふまじけれど、空よりおりたるにやとぞ見ゆる。（一五五段）

こちらから彼女たちを見あげますと、全員が薄墨色の裳と唐衣、単襲に紅色の袴を着けて登っている様子は、まるで天女のようだとは言えそうもありませんが、空から降りてきたのではないかと見えます。

ここには、女房たちの衣装がすべて喪服であることがはっきりと記されています。彼女たちがいる場所は、ふだん女性がいるはずもない高い楼閣の上で、それが空から降りてきたように見えると作者は書いています。

裳　平安時代、女性が正装のときにまとった衣服の一つ。袴の上に腰から下の後ろ側だけに着ける。

唐衣　平安時代、女性が正装のときにまとった衣服の一つ。十二単の最も上に着た上半身だけの丈の短い衣。下半身に着ける裳とともに着用する。

単襲　平安時代の女性が、表着の下に二枚重ねて着る単衣の衣服。この上にさらに唐衣を重ね、袴をはいて夏の正装とした。

調子づいた若女房たちは、さらに内裏の建春門《けんしゅんもん》付近まで行って大騒ぎし、建物内の椅子に登ったり倒したりの仕放題です。彼女たちの行動は度が過ぎていますが、華やかで活気にあふれた定子後宮の生活が、一転して服喪による謹慎生活になった鬱憤《うっぷん》をここで晴らしていたとも見られます。一方、作者の意図としては、不謹慎な彼女たちの行動を描くことによって、読者の視点を喪中の内実からそらしていると考えられるでしょう。

さて、太政官庁の建物は、真夏の夜の暑さが尋常ではなかったので、女房たちはたまらず御簾《みす》の外に出て臥《ふ》していたようです。また、古い建物だったのでムカデが一日中上から落ちてきたり、大きな蜂の巣に蜂が群れていたりで大変恐かったとも書かれています。『枕草子』は、王朝女流文学の中でも、日常的に目にする害虫について多く扱っている作品です。「虫は」の段（四一段）には、松虫や鈴虫など和歌に詠まれる風雅な昆虫のほかに、ハエやアリなど人間の生活に入り込んでくる不快な昆虫が登場します。また、「にくきもの」の段（二六段）では、蚊やノミが平安貴族たちを困らせていたことを教えてくれます。貴族文学でも気取らない生の生活感覚を伝えてくれるのが『枕草子』の魅力です。

建春門　平安京内裏の東側外郭中央にあった門。220ページ内裏図参照。

さて、もう一つの「故殿の御ために」で始まる章段では、道隆の法事を開催した長徳元年九月十日のできごとを扱っています。ここで作者が法事について記したことは、清少納言お気に入りの僧清範《せいはん》の説教が大変心に染み入って悲しかったので、女房たちがみんな泣いたということだけです。この段の中心人物は、法事の後の宴会で朗詠を披露し、定子や清少納言の称賛を得た藤原斉信《ただのぶ》です。彼は「故殿の御服のころ」の段の後半にも登場していますが、長徳元年の『枕草子』の記事に集中的に登場し、注目される人物です。

清範　［九六二－九九九］平安中期の興福寺の僧。権律師に任ぜられるが、長保元（九九九）年に三十八歳で入滅。説教の名人として知られ、文殊菩薩《もんじゅぼさつ》の化身であると説話に語られた。清少納言はその秀麗な容姿をたたえている。

藤原斉信　205ページ主要登場人物解説参照。

2 長徳元年 疑惑の頭中将

1 藤原斉信の登場

長徳元（九九五）年夏以降の『枕草子』の章段には、華やかな衣装をまとってこれまで登場していた中関白家一族の姿がすっかり消えてしまいました。その代わりに登場してくる人物が藤原斉信です。斉信は道隆の従弟にあたります。かつて斉信の妹は花山天皇の女御でした。しかし、妹妃が亡くなり花山天皇が退位して、外戚として出世する道が途絶えて後は権力者に追従し、道長の配下になっていきます。出世欲が強く、昇進争いに勝って人の恨みを買った逸話が多く残っている人物です。

そんな斉信が、『枕草子』には、中関白家以外の男性貴族の中で最もたくさん登場しているのです。それはなぜなのでしょうか。斉信は正暦《しょうりゃく》五（九九四）年に蔵人頭《くろうどのとう》になりました。蔵人は天皇の側近として働く役職です。当然、中宮方に出向く機会も多くなります。そのような必然的な理由のほかに、喪中ですっかり色を失った定子周辺に彼を登場させることによって、作品内に華やかさを取り込もうという作者の意図がはたらいていたとも考えられます。

斉信の姉妹にあたる藤原為光《ためみつ》の娘たちは、花山天皇の女御になって寵愛《ちょうあい》を受け、御子を宿したまま亡くなった同母妹の怟子《しし》と、異母妹の三女はとくに美女だったということですから、斉信も容姿は悪くなかったでしょう。『枕草子』に華麗な衣装をまとって登場する斉信は朗詠も得意で、清少納言をはじめ後宮女房たちはこぞって彼を称賛しています。それは、正暦期に登場していた伊周の姿とそっくりです。

定子後宮が服喪期間に入って描くべき対象がなくなった時、その人物の実体はともかく、外見的に華やかな斉信を描くことが、作者が選んだ『枕草子』執筆継続のための応急措置だったのではないでしょうか。加えて、世の趨勢《すうせい》に敏感な斉信が出入りする後宮をアピールしようという意図もあったかもしれません。

斉信が『枕草子』に初めて登場するのは長徳元年二月末、誰かが言いだした根拠のないうわさを真に受けて清少納言を誤解し、一方的に絶交している状況で始まる章段（七八段）です。清少納言のほうでは彼女らしく、

藤原為光　［九四二－九九二］
藤原師輔の子で、兼家や兼通の異母弟。兼家と政権を争い、娘を花山天皇に嫁がせ外戚として宮中に重きをなすが、花山天皇の出家で挫折。のちに、道隆により太政大臣に推挙され就任したが、翌年薨去した。

言い訳などしないで無視していたのですが、そんな状況に耐えられなくなった斉信からある日、文が届けられます。自分のことを嫌っているはずなのに、いったい何が書かれているのか。どきどきしながら文を開けた清少納言の目に入ったのは白楽天の漢詩の一句でした。

蘭省《らんせい》ノ花時ノ、錦帳《きんちゃう》ノ下

あなたは宮殿で、花の季節、皇帝の錦帳の下に伺候し栄えている。

定子に見せようと思っても、ちょうど天皇がいらっしゃって就寝中です。使者は返事をせかします。さあ、困った、ここからが清少納言の才知の見せどころです。斉信から問われた漢詩の続きは、以下の句になります。

廬山《ろざん》ノ雨夜ノ、草庵ノ中

私は廬山で、雨の夜、草庵の中に一人わびしく暮らしている。

白楽天　[七七二―八四六]　中国唐代の詩人。白楽天は別称で、実名は白居易。三千首以上の詩が現存。自身の編集による『白氏文集』は日本にも伝わり、平安時代から愛読された。玄宗皇帝と楊貴妃の悲恋をうたった「長恨歌」は特によく知られていた。

蘭省　古代中国の中央官庁である尚書省のことで、それが置かれた宮殿を意味する。

錦帳　宮殿に張り巡らされた錦のとばり。

廬山　中国の江西省北部にある名山。香炉峰がある。

もちろん即答できますが、女だてらに漢字を書くのは体裁がよくありません。そこで、漢詩の意味を和歌に置き替え、当代きっての教養人藤原公任《きんとう》が使った連歌の下句「草の庵《いほり》を誰かたづねむ」を拝借しました。用紙は届けられた紙の余白を使い、筆の代わりに消え炭を用いて筆跡をごまかします。清少納言の返事は相手に評価の糸口を与えないばかりか、反対に連歌の上句を要求するものになっているのです。

清少納言の返事を見た斉信は「おお」と思わず声をあげ、「いみじき盗人を。なほえこそ思ひ捨つまじけれ。(とんでもない泥棒だよ。やっぱり無視できそうもないな)」と言って、それまでの清少納言に対する考えを改めました。それが殿上で評判となり、清少納言に「草の庵」というあだ名が付けられたという逸話です。

この章段以降の約一年間、斉信と清少納言の交流が『枕草子』に描かれていくのですが、二人の駆け引きは、背後に流れる歴史的事件を考えて見ていくと微妙なニュアンスが読み取れるように思われます。

藤原公任 205ページ主要登場人物解説参照。

2 斉信と清少納言

　藤原斉信は、中関白家の政敵となった道長側についた人物ですから、定子後宮の女房である作者にとって扱いにくい対象だったに違いありません。そんな彼が『枕草子』に何度も取りあげられる理由は、華やかな姿の彼を登場させることで、喪中で色を失った定子周辺に彩りを与えるためだったと先に書きました。さらに斉信の登場場面をもう少し見ていくと、そこに必ず定子の姿が描かれていることに気づきます。作者は斉信を描きながら、女房たちとともに斉信をたたえる定子を描いているのです。

　どんな時代においても定子サロンを宣伝するのは、女房としての作者の役目だったと考えられます。また、それとは別に、作者個人の宮廷生活の記念として斉信との交流を記したのではないかとも思います。中関白家にとっては敵方だったとしても、斉信は十分に描きがいのある外見と教養を兼ね備えた当代きっての上流貴族です。一方の清少納言は、本来、宮中に出入りすることのない受領階級の娘です。そんな自分が斉信と対等に渡り合っていることを作者が誇らしく思うのも無理はないでしょう。先に取り

受領　地方の長官。実際に赴任して執務した国守のこと。

あげた「故殿の御服のころ」の段（一五五段）の後半からは、そのような作者の気持ちがかいま見られるように思います。

それは定子が太政官朝所《あいたどころ》で過ごした七夕の折のことでした。斉信とともに源宣方《のぶかた》、源道方《みちかた》などが訪れ、女房たちが応対しているとき、清少納言がいきなり「明日はいかなる事をか」と問いかけました。すると、斉信がすぐさま「人間《じんかん》の四月をこそは」と答えたのです。その場に居合わせた者は誰一人、斉信と清少納言の応酬の意味がわかりません。もちろん読者にもさっぱりわからないことを見越し、作者はその種明かしを始めます。

四月の初め頃、内裏の細殿に女房たちが詰めていたときのことです。殿上人が多数訪れ、少しずつ退出していって、斉信と宣方と蔵人一人だけがその場に居残り、夜明け近くになりました。そろそろ退出しようということで、斉信が「露は別れの涙なるべし」という菅原道真《すがわらのみちざね》の詩を詠じ、宣方もともに見事な朗詠を披露しました。ところが、その詩が織姫と彦星の別れの朝を詠んだ内容だったため、清少納言に、「いそぎける七夕かな」と皮肉られてしまったのです。せっかく折に合った詩を詠じたと思ったのに季節違いを指摘された斉信はとても悔しがりました。その後、清少納言

源宣方 206ページ主要登場人物解説参照。

源道方 ［九六九－一〇四四］宣方の弟。長く宮中に仕え、少納言や大宰権帥などを歴任。和歌や文章にもすぐれ、琵琶の名手でもあったといわれる。

「露は別れの涙なるべし」 露は七夕の朝に彦星と別れる織姫の涙だろうという意。『和漢朗詠集』に七夕の題で収められた詩句「露ハマサニ別レノ涙ナルベシ、珠空《たまむな》シク落チ、雲ハ是《こ》レ残粧《ざんしょう》、鬟《もとどり》未《いま》ダ成ラズ」による。

菅原道真 ［八四五－九〇三］宇多天皇・醍醐《だいご》天皇に仕え、右大臣になった

は七夕の折に、このことをもう一度持ち出してやろうと待ち構えていたのですが、斉信もそれをしっかり記憶していました。そこで、この時、「(七夕の)次の朝、あなたはどんな詩を朗詠しますか」という清少納言の問いかけに対して、斉信が、「(今度は七夕に)『人間の四月』(で始まる四月)の詩を詠じよう」と応じたのでした。

作者は斉信の答えに満足し、その記憶力の良さをたたえます。話はさらに続き、斉信と清少納言が男女の恋愛関係を囲碁の用語で表現する隠語を作り、日頃用いていたことが書かれます。たとえば、親密な関係になったことを、碁で相手に先に何目か置かせることを意味する「手ゆるしてけり」とか、終局に近づいて先手を次々に打つ意味の「結《けち》さしつ」という言葉を使って表現するという具合です。

斉信と自分だけに通じる言葉を使っていたことは、定子サロン女房としての枠を越え、上流貴族に存在価値を認められたという清少納言個人の満足感となったことでしょう。では、作者は自己満足のためにこのような章段を記したのでしょうか。否、そんな単純な理由からだけではないようです。

が、左大臣藤原時平《ときひら》の讒言《ざんげん》で大宰府に左遷され、翌年薨去《こうきょ》。政治だけでなく学問にもすぐれ、歴史書や漢詩文、和歌を残した。のちに天神様として祭られ、学問の神様とされる。

人間の四月　『白氏文集』の「大林寺桃花」と題する詩の冒頭。「人間ノ四月芳菲《ほうひ》尽キ、山寺ノ桃花初メテ盛ニ咲ク」と続く。「人間」は「じんかん」と読み、「人の住む所」の意。

この章段には、実は大きな問題があります。話の途中で斉信が頭中将から宰相に昇進したことが記されているのですが、その年代がどう考えても歴史的事実と食い違うのです。そのことから、この章段が作者の個人的な思い出をつづったような内容になっているのは、定子周辺に起こった重大事件に関わる年代を扱っていたためだと考えます。つまり、本来、『枕草子』のテーマである定子後宮をそのまま描くことが難しい歴史的時期を扱う際に、作者が考え出した工夫だったと見るのです。

頭中将 近衛《このえ》中将で蔵人頭を兼ねている役職の呼称。

宰相 「参議」の別称。太政官のうち大納言・中納言に次ぐ重職で、三位・四位の位階をもつ貴族が任ぜられた。

3 長徳二年 長徳の変

① 歴史的背景

長徳元（九九五）年三月九日、関白道隆が病により政務を執れなくなった時、内大臣伊周に内覧の宣旨が下されました。内覧とは、天皇に奏上すべき公文書に目を通し、政務を代行することで、実質上の摂政関白の職務に当たります。弱冠二十二歳の伊周が、父の後を継いでそのまま政権獲得かと思われたのですが、道隆の死後、関白職を継いだのは道隆の弟の右大臣道兼でした。

道兼は、念願だった関白の宣旨を賜って、任官御礼のために意気揚々と内裏に向かいます。ところが、彼はその時すでに、ちまたで猛威をふるっていた疫病に感染していました。自分でも体調がおかしいと思いながら参内した道兼は、内裏から退出する際には人に支えられなければ歩けない状態だったと『大鏡』は記しています。それから間もなく、道兼は息を引き取りました。関白就任から薨去《こうきょ》まで十日余り、世間で七日関白と称されました。

さて、道兼を襲った長徳元年の疫病はほかの公卿《くぎょう》たちの命も奪いました。三月末から六月半ばまで、三か月もたたない間に、道隆、道兼のほか、大納言藤原朝光、左大将藤原済時、左大臣源重信《しげのぶ》、中納言源保光《やすみつ》、権大納言道頼らが亡くなりました。官僚たちが次々と抜けていく中、政権の行方は、先に関白を逸した内大臣伊周と権大納言道長のどちらかに絞られていきます。

長徳元年五月十一日、今度は道長が内覧の宣旨を賜り、六月十九日に右大臣に昇進します。このころから伊周と道長の軋轢《あつれき》が表面化し始めます。公事《くじ》の列席上で二人が激高して争ったり、伊周の弟隆家《たかいえ》の従者と道長の従者が七条大路で乱闘したり、ついには道長の従者殺害事件にまで発展してしまいます。長期化した険悪な状況に決着を付けたのが、長徳の変でした。

長徳二年四月二十四日、内大臣伊周を大宰権帥《だざいのごんのそち》に、中納言隆家を出雲《いずもの》権守《ごんのかみ》に任ずるという宣旨が下された事件です。長徳の変のきっかけとなったのは、長徳二年一月、隆家の従者が花山法皇に弓を射かけたできごとです。その原因は、当時、花山法皇と伊周が交際していた女性が姉妹同士だっ

源重信　［九二二-九九五］　宇多天皇の皇子敦実《あつざね》親王の子。臣籍に下り、左大臣に至る。六条左大臣と呼ばれた。

源保光　［九二四-九九五］　醍醐天皇の皇子代明《よしあきら》親王の子。臣籍に下るが昇進は滞り、桃園の中納言と呼ばれた。

たことから生じた誤解でした。平安時代の恋愛は、親と同居する女性のもとに男性が通う形式でしたから、姉妹に通うそれぞれの男性が同じ邸《やしき》で行き合うことも多かったようです。

伊周と連れ立って出かけた行動派の隆家が、兄の代わりに恋敵を脅かしてやろうと矢を放った相手が花山法皇だったために、法皇殺害未遂という不敬事件に発展してしまいました。道長にとっては、伊周を失脚させるいい口実ができたことになります。その後、伊周の祖父の高階成忠《たかしなのしげただ》が女院詮子《せんし》を呪詛《じゅそ》したこと、伊周自身が行った修法が天皇だけに許される行為だったことが罪科として追加され、ついに伊周と隆家は都から追放されることになったのでした。

道隆が没してわずか一年後、中関白家はなぜ没落してしまったのでしょうか。『大鏡』は道長が政権を執った理由として、長徳元年の疫病で多くの公卿が亡くなったことに加え、政敵の伊周が政治家としての資質を備えていなかったことを挙げています。

伊周と隆家は長徳の変の当日、定子とともに二条邸に籠もっていました。中宮の自邸ということで、検非違使《けびいし》たちも手出しできないことを見越して

高階成忠　〔九二三－九九八〕藤原道隆の正妻である貴子の父。宮内卿や懐仁《やすひと》親王（後の一条天皇）の東宮学士などを歴任。のち式部大輔《しきぶたいふ》となる。

詮子　藤原詮子。204ページ主要登場人物解説参照。

いたと思われます。五月一日に二条邸内が捜索された時、伊周は逃亡しており、隆家だけが配流地に出発しました。しかし結局、伊周は帰邸し、四日にようやく配流地に出発しています。自らの立場をわきまえず、窮地に立つと肉親に頼る伊周の甘え、その大局を見る力のなさが中宮定子の運命を巻き込んで、中関白家没落の事態を招いてしまったのではないでしょうか。

②斉信の昇進

藤原斉信について、もう一度、歴史的背景から触れておきましょう。斉信が定子サロンに出入りしていたのは、蔵人頭として天皇の身近に仕え、頭中将と呼ばれていた時期です。昇進して参議になると宰相中将と呼ばれ、国政の中核に参入することになります。斉信の参議就任は長徳二(九九六)年四月二十四日、長徳の変の当日でした。

長徳の変の経緯についてはすでにお話ししましたが、同日の斉信昇進は、斉信が長徳の変に絡む何らかの働きをして認められたことを暗示しています。長徳の変の発端は、花山法皇と伊周が通っていた女性たちの邸で起きた事件で、二人の恋愛相手はどちらも為光の娘、すなわち斉信の姉妹でした。事件現場を目撃し、表沙汰にしたのは斉信だったのかもしれません。いずれにせよ、長徳の変で参議に昇進した日を境に、斉信が完全に道長方についたことは間違いないでしょう。『枕草子』は、斉信の参議昇進をどのように描いているのでしょうか。

先に取り上げた「故殿の御服のころ」の段（一五五段）の逸話は、四月初め頃から七月の七夕にかけての清少納言と斉信の交渉を扱っていましたが、話の途中で斉信が宰相に昇進しています。しかし、この章段を四月二十四日に斉信が参議に就任した長徳二年のこととするのは、長徳の変前後の歴史的背景に照らし合わせて無理があります。

伊周・隆家の配流、定子の落飾、二条邸焼亡と、中関白家に不幸な事件が立て続けに起きた時期に、清少納言が道長方の斉信と風雅な交流を持ったとはとても考えられないからです。したがって、この章段のできごとは、一年前の長徳元年のことと見るほうが穏当なのですが、その場合、斉信の昇進時期が歴史的事実と食い違うという問題が出てきます。作者の記憶違いだという説もあります。しかし主家凋落《ちょうらく》の日を清少納言が忘れるはずはないと思います。

作者は事実を曲げて、『枕草子』に斉信昇進のことを記したのです。それはなぜなのでしょうか。

この段には、ほかに、清少納言が斉信の参議昇進を保留するよう、一条天皇に直訴している記事もあります。当時、女房たちの進言が男性貴族の人事を左右することもあったようですが、斉信昇進は長徳の変に関わる政治的処遇によるもので、女房風情の口出しできる範疇《はんちゅう》にはありません。そんなことは百も承知で、斉信の朗詠はとてもすばらしいから、もうしばらく宰相にならないで天皇にお仕えしたらいいのに、と訴える清少納言。それを受けて、一条天皇が大笑いし、「さなむ言ふとて、なさじかし（そのように言うから、参議にするまいよ）」と答えます。この後、「されど、なりたまひにしかば、まことにさうざうしかりしに（それなのに、参議に就任なさってしまったので、本当に寂しかったところ）」と記事が続いていくのですが、作者は、よほど斉信の昇進にこだわっていたに違いありません。

作者は、定子を追い詰めた長徳の変の状況を描写することはできないけれど、中関白家没落を足がかりに昇進する斉信のことを記さずにいられなかったのだと思います。

長徳二年二月に定子が内裏を退出した時、宮中に居残っていた清少納言を訪問した斉信の華やかな姿が、『枕草子』に詳細に描かれています。そこで物語の主人公のようだと評価した斉信を、後に定子に報告し称賛する清少納言ですが、一方で、斉信との交際に一線を設け、定子不在の宮中で彼と個人的に応対することを避けています。『枕草子』に取りあげられた斉信の宰相昇進の記事は、作者が定子サロン女房としての矜持《きょうじ》を保ちつつ示した、斉信との決別の意志表示だったのだと考えます。

3 定子周辺

中関白道隆が亡くなった後、中宮定子の最も身近な後見役は兄伊周と弟隆家でした。しかし、二人は長徳の変で政治的な力を失ってしまいました。残された大きなよりどころは夫の一条天皇でしたが、定子は罪人の近親者として宮廷から退出せざるをえませんでした。二条邸で、兄弟が検非違使に引き立てられる現場に同席し、定子は愁嘆場を体験しました。『枕草子』が語らないその日のできごとを『栄花物語』は詳細に描写しています。

宮の御前《おまへ》、母北の方、帥殿《そちどの》、一つに手をとり交《かは》して惑はせたまふ。はかなくて夜も明けぬれば、今日こそはかぎりと、誰々《たれたれ》も思《おぼ》すに、たちのかんとも思さず、御声も惜しませたまはず。「いかにいかに、時なりぬ」とせめののしるに、宮の御前、母北の方、つとらへて、さらにゆるしたてまつらせたまはず……。

（巻第五「浦々の別《わかれ》」）

『栄花物語』の上記に続く部分は211ページ参照。

中宮様（定子）、母北の方（貴子）、帥殿（伊周）は手を一つに取り合って、取り乱していらっしゃいます。あっという間に夜も明けてしまいましたので、今日がいよいよ最後の別れだと、誰もがお思いになりますが、帥殿は出立する気持ちになれず、ただただ大声でお泣きになるばかりです。「どうした、どうした、出発の時刻になったぞ」と、検非違使たちが大声で責め立てますが、中宮様と母北の方が帥殿の身体をしっかりつかまえて、絶対に行かせようとなさいません……。

配所へ出立すべき時がきても、母と妹に取りすがられて泣き続け、その場を離れようとしない伊周の姿には、政権を巡って道長と対立していた頃の勢いのかけらもありません。長徳元（九九五）年以降、しばらくの間は『枕草子』の記事から伊周の姿が消えています。中関白家没落の主役となった伊周を、作者は描くことができなくなったのでしょう。

長徳の変を境に、定子の身に次々と不幸な事件が起こります。長徳の変の際、二条邸に立て籠っていた兄弟のうち、先に隆家が出立した五月一日に、定子は自らはさみを取って髪を切り、出家の意志を示しました。翌月の六月八日には二条邸が焼亡し、定子は身分の低い男に抱えられて祖父の高階成忠宅に入り、そこから車でおじの明順《あきのぶ》宅に避難したとも記録されています。当時、流罪の刑を受けた貴族の邸は往々にして放火されたようです。

宮中に定子がいなくなったということで、娘を后に据えようと、公卿たちが動き出します。七月に大納言藤原公季《きんすえ》の娘義子《ぎし》、十一月に右大臣藤原顕光《あきみつ》の娘元子《げんし》が入内しました。

二条邸焼亡の後、定子の消息は記録類からしばらく消えますが、十月に母貴子が病死した時には傍にいたと思われます。その直前、大宰府に行く途中で体調不良を訴え、播磨に留め置かれていた伊周が、母危篤の報を聞いて密かに入京します。しかし、密告によって再逮捕され、今度こそ大宰府に送還されるという騒動になりました。

これまでにないさまざまな事件が中関白家に次々と降りかかり、定子周辺は悲嘆に暮れる日々が続いたでしょう。そんな一年の終わりに定子は出産します。二十歳での初めての出産、その妊娠中に定子の受けた精神的、肉体的な苦痛ははかりしれません。長徳二年十二月十五日に誕生したのは、一条天皇にとっても第一子となる脩子《しゅうし》内親王でした。

明順　高階明順。〔?―一〇〇九〕高階成忠の三男で定子のおじ。但馬守や伊予守などを歴任。

大納言藤原公季の娘義子　〔九七四―一〇五三〕七月二十日に弘徽殿に入内し、八月九日に女御となる。他の女御に比べて天皇の寵愛は少なかったが、長寿を全うし、八十歳で薨去した。父藤原公季〔九五六―一〇二九〕は後に太政大臣に昇進。

右大臣藤原顕光の娘元子　〔生没年未詳〕十一月十四日に承香殿に入内し、十二月二日に女御となる。一条天皇崩御後、源定頼と関係を生じて父に出家させら

4 長徳二年 清少納言の里居

① 長期里下がりの理由

長徳二（九九六）年という年に中宮定子が経験したさまざまな悲愴《ひそう》な事件についてお話ししてきました。それは、清少納言が宮仕え生活を始めた正暦年間には、誰も考えもしなかったことだったと思います。中関白家の栄華を描いてきた『枕草子』に、長徳の変前後の定子の悲劇を直接描写する記述はありません。敬愛する主人の悲劇に直面して、作者はどのように感じ、何を考えていたのでしょうか。

実はこの頃、清少納言の身の上にもこれまでにない事態が発生し、長い間里下がりしていたようなのです。宮仕え生活の中で、清少納言もそれまでに何度か里下がりをしたことはありました。そんな時は、すぐに定子から出仕要請の手紙が届き、大急ぎで定子のもとに戻っています。しかし、今回の里居はそう簡単に戻れる状況ではありませんでした。この時の清少納言の里居を扱った章段は次のように始まります。

れた。父藤原顕光〔九四四―一〇二一〕は後に左大臣に昇進。
脩子内親王 202ページ主要登場人物解説参照。

殿などのおはしまさで後《のち》、世の中に事出《い》で来《き》、さわがしうなりて、宮もまゐらせたまはず、小二条殿《こにでうどの》といふ所におはしますに、何ともなくうたてありしかば、久しう里にゐたり。御前《おまへ》わたりのおぼつかなきにこそ、なほえ絶えてあるまじかりける。（一三七段）

殿様がお亡くなりになった後、世間で事件が起こり、騒がしくなって、中宮様も宮中に参内なさらず、小二条殿《こにじょうどの》という所にいらっしゃる時に、私は何となくうっとうしいことがあって、長い間里に下がっていました。中宮様の周辺がとても心配な時に私が出仕しないなど、あってはならないことだったのですが。

中関白道隆薨去後から長徳の変にかけての歴史的背景に言及する章段は、『枕草子』でこの段だけです。さらに興味深いのは、歴史資料に見えないこの時期の定子の居場所が、「小二条殿」と記されていることです。二条邸を焼け出された定子が、記録類に再び居場所を記される長徳三年

小二条殿　里邸の二条宮が火事になった際、定子が近くの高階明順邸に避難した記録が残っているので、ここを明順宅とする説、旧伊周邸とする説などがある。長徳二年秋から約一年間の定子の居所はどの史料にも載っておらず、『枕草子』が唯一の資料となる。

六月までの約一年間をどこでどのように過ごしていたのか、さまざまに推測されていますが、今のところよくわかりません。ただ、『枕草子』に見える「小二条殿」の記述からは、焼失した里邸近くの二条辺りに居場所を定めて謹慎生活を送っていた様子が想像されます。そして清少納言は、そんな中宮定子のことを心配しながらも、宮仕えに嫌気がさして里下がりしていたというのです。里居の原因について、作者は次のように語っています。

げにいかならむと思ひまゐらする御けしきにはあらで、候《さぶら》ふ人たちなどの、「左の大殿方《おほとのがた》の人知る筋にてあり」とて、さしつどひ物など言ふも、下《しも》よりまゐる見ては、ふと言ひやみ、はなち出でたるけしきなるが、見ならはずにくければ……。（一三七段）

本当にどうしていらっしゃるだろうとお思い申しあげます中宮様のご不興によるのではなくて、お仕えする女房たちなどが、「（清少納言は）左大臣殿側の人と知り合いだ」といって、寄り集まって話していて、私が下局《しもつぼね》から参上するのを見ますと、ぴたりと話を止め、仲間外れにしている様子がこれまでになく不快に思われますので……。

長徳二年の政変直後には、中関白家の外部から中傷する者、内部から離反する者などが出て、定子を取り巻く女房たちの雰囲気もピリピリしていたことでしょう。そのような状況の中で、清少納言は疑心暗鬼にとらわれた女房たちから爪はじきにされてしまったのです。定子の勘気を否定していることから考えると、清少納言が疑われるような何らかのできごとがあったのかもしれません。『枕草子』には藤原道長や道長の猶子になった源経房《つねふさ》が登場し、親近感を持って描かれていますが、清少納言の彼らに対する何気ない言動が増長され、同僚女房たちの憶測を招いたとも考えられます。

清少納言が定子の御前に参上すると、それまで集まって話をしていた女房たちがピタリと口をつぐんで、知らんふりをする。そんなことが度重なると、どんなに気丈な性格でも、気が重くなっていくのは当然でしょう。女ばかりの集団内で、現代にもよくありそうなイジメですね。清少納言は宮仕え生活の中で、初めて大きな危機に直面したのです。

源経房 206ページ主要登場人物解説参照。

②源経房の訪問

長徳二（九九六）年の清少納言の里居は、その背景に政治的問題が絡んでいたため、長期にわたりました。清少納言が里下がりをすると、ふだんならすぐに出仕要請の手紙をよこす中宮定子も、長徳の変直後の悲痛な日々を送っていた最中でした。「殿などのおはしまさで後」の段（一三七段）では、「例ならず仰せ言などもなくて、日ごろになれば（いつもと違って中宮様からのお言葉もなくて、何日もたったので）」と書かれていますが、それは定子が置かれていた状況を考えるとやむをえないと思います。

定子のことを心配しながらも出仕できずにいた清少納言の里居先を、右中将源経房が訪ねてきます。経房は清少納言と親しく、道長にも近い人物です。また、安和《あんな》の変で左遷された源高明《たかあきら》の四男で、没落貴族の悲劇を身をもって体験した人物でもあります。彼は中宮御所を訪問した後に清少納言の所へ来たようで、定子サロンからの伝言を携えていました。

今日、宮にまゐりたりつれば、いみじう物こそあはれなりつれ。女房の装束、裳《も》、唐衣《からぎぬ》をりにあひ、たゆまで候ふかな。御簾《みす》のそばのあきたりつるより見入れつれば、八、九人ばかり朽葉《くちば》の唐衣、薄色の裳に、紫苑《しをん》、萩《はぎ》などをかしうてゐ並《な》みたりつるかな。　（一三七段）

今日、中宮様の御殿に参上しましたら、非常にしみじみとした風情でした。女房の装束は、裳や唐衣が季節に合っていて、気を緩めずにお仕えしていましたよ。御簾の傍らの開いている所からのぞいたところ、八、九人ほどの女房が、朽葉の唐衣、薄色の裳に、紫苑や萩などの襲《かさね》の袿《うちき》を着て、趣のある様子で並んで座っていたことですよ。

女房たちが季節に合わせて身につけている朽葉や紫苑、萩などの着物の色目《しきもく》は秋のもので、時節が秋であることを示しています。女房たちはわざと簾の端を開けて、経房に自分たちの怠りない装束姿をのぞかせたのでしょう。

経房の報告は続きます。中宮御所の庭の草が生い茂っているので、「ど

紫苑、萩　いずれも秋の衣装の色目。紫苑は、表に薄色《うすいろ》（薄い紫色）、裏に青（緑色）の衣を重ね、萩は、表に蘇芳《すおう》（黒みを帯びた赤）、裏に萌葱《もえぎ》（黄色がかった緑色）の衣を重ねて着る。（なお、それぞれ重ねる色の種類には諸説ある。）

うして、手入れしないのか」と尋ねたところ、「わざわざ露を置かせて御覧になっているのだ」と宰相の君が答えたこと。さらに、「こんな場所に中宮様がお住まいの折には、清少納言は必ず伺候するはずと思っていらっしゃるかいもなく、どうして出仕しないのか」と女房たちが言っていたことです。

中宮御所だというのに、雑草が伸びて荒れたままの庭。おそらく手入れする人手がないのでしょう。それを指摘され、不遇を嘆いたり訴えたりするのではなく、わざと露の置く風情を鑑賞しているのだと答える宰相の君。宰相の君は定子サロンを代表する上臈《じょうろう》女房です。経房が伝えているのは、時勢に取り残された状況の中でも、居住まいを正し、凜《りん》とした姿勢を保って生きている誇り高き中宮定子の様子です。それは、清少納言に対する女房たちのメッセージからも響いてきます。本来ならあなたこそ、定子サロンの先頭に立って私たちのように振る舞っているはずじゃないのと、彼女たちは言いたかったのだと思います。

この後、しばらくして定子本人から清少納言に便りが届き、それを契機に再出仕するという展開になっています。しかし、この里居で清少納言が

わざわざ露を置かせてご覧になっている　『白氏文集』の「秋、牡丹《ぼたん》ノ叢《くさむら》ニ題ス」という詩に、「晩叢白露《ばんそうはくろ》ノ夕《ゆふべ》、衰葉《すいえふ》涼風ノ朝《あした》、紅《こう》艶《えん》久シク已《すで》ニ歇《や》ミ、碧《へき》芳《ほう》今亦《また》銷《き》ユ、幽人坐《ざ》シテ相対シ、心事共ニ蕭《せう》条《でう》タリ」とある。花の季節をとうに過ぎた牡丹の葉に露が置いている場所に、世俗を離れてひっそりと暮らす状況をよんだものであり、宰相の君の言葉はこの詩を踏まえている。

宰相の君　207ページ主要登場人物解説参照。

上臈　地位や身分の高い人。

再出仕に至るまでには、かなりの時間を要したと考えます。同時期の清少納言の里居を扱った別の逸話が他の章段にありますので、次に見てみましょう。

◇3 定子からの贈り物

清少納言には、宮仕え中に中宮定子や女房たちの前で、折に触れ口にしていたことがありました。それは、次のようなことです。

世の中の腹立たしうむつかしう、かた時あるべき心地もせで、ただいづちもいづちも行きもしなばやと思ふに、ただの紙のいと白う清げなるに、よき筆、白き色紙《しきし》、みちのくに紙《がみ》など得つれば、こよなうなぐさみて、さはれ、かくてしばしも生きてありぬべかんめりとなむおぼゆる。（二五九段）

世の中が腹立たしく、煩わしくて、ほんのわずかな時間も生きていられそうな心地がしなくて、もうどこへでも行ってしまいたいと思う時に、ふつうの紙でとても白く美しいものと、上等の筆、白い色紙、みちのくに紙などを手に入れたら、気持ちがすっかり慰められて、まあいいか、このままもうしばらく生きていてもよさそうだなと思われます。

何か非常に嫌なことがあって、もう生きていけそうもないと思うような時、自分の気持ちを慰め、前向きにしてくれるもの、そんな自分だけの楽しみに浸って立ち直るというのは、現代人もよく行う処世術です。

文筆家清少納言の心をとらえたものは、第一に筆記用具でした。真白な美しい紙と高級な筆が手に入れば、それだけでもう気持ちを切り替えることができるというのです。なんとも手軽な方法だと、定子や同僚女房たちに笑われますが、現在の私たちの感覚からすると、当時以上にそう思うかもしれません。

白い紙がどこででも簡単に買える現代と比較して、平安時代の紙はなかなか手に入らない高級品でした。さらに和紙は、樹木の皮から繊維を取り出し漉《す》いて作るために薄茶色が本来の色なので、真白な紙は、それを漂白するか白く着色する手間を必要とします。中下流階級の貴族の家ではなかなかお目にかかれない純白の紙や、厚手で白いみちのくに紙も、宮中では日常的に使用できることが清少納言を大いに喜ばせたことでしょう。

紙のほかにもう一つ、清少納言が心慰むものとして取りあげたのが、「高麗《こうらい》ばしの筵《むしろ》」でした。「高麗ばし」は畳の縁模様で、白地の綾《あや》に雲や菊の模様を黒く織り出したものです。白と黒のすっきりしたデザインは彼女のお気に入りで、心ひかれるインテリアだったようです。

さて、本題はこれからです。「さて後ほど経て、心から思ひ乱るる事ありて、里にあるころ」と始まる次の段落から、最初の話からいくらかの時間が経過して、清少納言が里下がりをしていた時の話に移ります。

突然、中宮様から高級紙二十枚を入れた包みが贈られ、早く参上せよという伝言と、これは、以前、耳に止めていたことがあったから贈るという内容が伝えられました。感激した清少納言は、和歌を定子に返します。

それから二日後、今度は高麗ばしの畳が贈られてきました。使者は畳を置いてすぐに立ち去ったので、贈り手を確かめることができませんでしたが、もちろん贈り手は定子だと思います。念のため、ある女房を介してそ

高麗ばし　高麗縁《こうらいべり》とも呼ばれ、貴族の邸の畳に用いられた紋様。紋の大きさに大小があり、大紋は親王や大臣が用い、小紋は公卿が用いた。大紋は表紙カバー図版参照。小紋は51ページ絵巻図版参照。

れを確認した清少納言は、再度定子に手紙を書きます。しかし、それをこっそり中宮御所の手すりに置かせたところ、使者があわてていたために、手紙が階段の下に落ちてしまったという記述で終わっています。

この章段では、中宮定子が清少納言の好みを覚えていて、彼女の心を最も慰める贈り物をしたのに、清少納言のほうは、定子に手紙を書いただけで出仕していません。定子の心遣いを受け取り感激しながら、それでも出仕するに至らなかった清少納言のこの時の里居は、彼女がそれまでになく追い詰められた長徳二年の里居だったと考えられます。

④ 再出仕の決意

長徳二（九九六）年の里居の時、なかなか再出仕に踏み切れなかった清少納言の気持ちを動かしたのは、やはり中宮定子でした。ある日、定子から送られてきた手紙を開けてみると、山吹の花が一つ包まれていて、その花びらに一言、「いはで思ふぞ」と書かれていました。それは、『古今和歌六帖《こきんわかろくじょう》』という歌集に載っている次の和歌の一句でした。

心には下ゆく水のわきかへり言はで思ふぞ言ふにまされる

私の心の中には、表面からは見えない地下水が湧き返っているように、口に出さないけれど、あなたのことを思っています。その思いは口に出して言うよりずっとまさっているのです。

この歌がなぜ山吹の花に書かれていたかを解くには、『古今和歌集』（巻第十九　雑躰歌）に載るもう一つの和歌を思い浮かべる必要があります。

『古今和歌六帖』　平安時代中期の私撰和歌集。全六巻、約四五〇〇首。万葉集から後撰和歌集時代までの和歌を五一七題に分類して収める。撰者未詳。歌作の手引書として用いられた。

山吹の花色衣ぬしや誰問《たれ》へどこたへずくちなしにして

山吹の花のような色の衣に、持ち主は誰ですか、と聞いても答えません。それはくちなしだからです。

素性《そせい》という歌僧の詠んだ歌です。「山吹の花色衣」は僧侶の黄色い衣の色です。この歌では、黄色の染料のもとになる「梔子《くちなし》」の実に「口無し」をかけ、だから答えがない、としゃれています。すなわち、山吹の花と「言はで思ふぞ」の句は「くちなし」つながりというわけで、定子は山吹の花に「言はで思ふぞ」と書いたと考えられます。

口には出さない、でも口に出して言うよりずっと心の中のあなたへの思いは優っている。それは、何も聞かずに清少納言を信頼し包み込む定子の大きな愛情であり、また、出仕要請に応えられないまま、定子のことを思い続けていた清少納言の気持ちでもありました。主従の思いは重なり、清少納言のそれまでの不安は一瞬にして消え去ってしまいます。初出仕の時

素性　[?-九一〇?] 平安前期の歌人で三十六歌仙の一人。六歌仙遍照の子。出家して雲林院に住んだ。

に魅了されて以来、ずっと慕い続けてきた中宮定子との絆を確認した時、周辺の女房たちの雑音など、清少納言にはもうどうでもよくなったに違いありません。それから間もなく彼女は定子のもとに再出仕します。

では、清少納言の長徳二年の里居がいつ頃始まり、どれくらい続いたのかについて考えてみましょう。里居中の清少納言に源経房が伝えた話では、定子後宮の女房たちは季節の色目の装束を怠りなく身に着けていたということでした。それは朽葉の唐衣に萩や紫苑などの色目でしたから、時節は秋を意識した旧暦の七月頃と見るのが妥当でしょう。その際、経房が清少納言に出仕を促していたのは、それより前の夏ころから清少納言の里居が続いていたためと推測されます。ちょうど長徳の変が起きた季節になります。

では、清少納言が再出仕を決意したのはいつ頃でしょうか。文脈としては、経房訪問の後に、里居の理由について述べた作者の心中表白があり、次に定子から山吹の花が送られて再出仕に至ります。ここで、秋と推測した経房訪問の時節と、再出仕の契機となった山吹の花の季節が相違するという問題が発生します。そこで、山吹は春の花ですが、これは秋の返り咲きの山吹だったのだとか、造花を使ったのだとかいう説が出されています。

しかし私は、定子が送った山吹の花は本来の季節である春に咲いたものだと考えます。経房訪問の後も里居を引き延ばしているうちに季節が移り変わったのです。その場合、清少納言の里居期間は長徳二年夏から翌年春までの一年近くに及ぶことになりますが、この時、清少納言はそれだけの時間をかけて、宮仕え生活断絶の危機をしっかりと乗り越えたのではないかと考えています。

Ⅲ 不穏期

1 長徳三年 職曹司参入

長徳二（九九六）年六月に里邸二条宮が焼失して以降、記録類に定子の記事が再び現れるのは、長徳三年六月二十二日の職曹司《しきのぞうし》参入の記事からです。それに先立つ三か月前、東三条院詮子《せんし》の病気平癒のために大赦が行われ、伊周《これちか》・隆家《たかいえ》の罪も許されることになりました。長徳三年四月に、まず隆家が入京し、伊周は同年十二月に入京することになりますが、そのような情勢を受けて定子の謹慎も解けたものと思われます。

それでも定子が大内裏の職曹司に参入することについて、世の人々は快く思わなかったと『小右記《しょうゆうき》』には記されています。長徳の変の騒動で定子が一度髪を下ろしていることが問題になったのです。しかし、中宮方では定子は出家していないと主張し、職曹司参入を果たしたようです。この時、定子参入を後押ししたのは、一条天皇だったのではないでしょうか。長徳二年十二月に生まれた第一皇女も生後六か月のかわいい盛りになっていたはずです。

職曹司　中宮職の事務を司る役所。内裏の東側、建春門の門前左側にあった。221ページ大内裏図参照。

『小右記』　小野宮右大臣藤原実資《さねすけ》（205ページ主要登場人物解説参照）の日記。実資は権力におもねることなく、道長に対しても批判的な目を向けた数少職曹司は中宮に関わる公務をつかさどる役所です。実は、定子はこれまでにも何度かここを臨時の滞在場所として利用してきました。しかし、今回は二年強にわたる長期間の滞在になります。この間の定子後宮のできごとを扱った章段が『枕草子』に九段もあり、職曹司時代の章段群を形成しています。そのうち、参入して間もない頃のものと思われる一段を見てみましょう。

職《しき》の御曹司《みざうし》におはしますころ、木立などのはるかにものふり、屋のさまも、高うけ遠けれど、すずろにをかしうおぼゆ。……近衛《このゑ》の御門《みかど》より左衛門《さゑもん》の陣にまゐりたまふ上達部《かんだちめ》の前駆《さき》ども、殿上人のは短ければ、大前駆《おほさき》、小前駆《こさき》とつけて聞きさわぐ。あまたたびになれば、この声どももみな聞き知りて、「それぞ、かれぞ」など言ふに、また、「あらず」など言へば、人して見せなどするに、言ひ当てたるは、「さればこそ」など言ふも、をかし。（七四段）

ない人物で、その詳細な記録は史料として価値が高く、興味深い。

上達部 摂政・関白・大臣・大納言・中納言・参議、その他三位以上の位階の貴族。公卿ともいう。

殿上人 位階が四位・五位の廷臣のうち、内裏の殿上の間に上がることを許された者。

中宮様が職の御曹司にお住まいの頃、そこは木立が鬱蒼《うっそう》と茂り、建物の様子も高くてよそよそしいのですが、なぜか妙におもしろく感じられます。……大内裏の近衛門から内裏入口の左衛門の陣に参上なさる公卿《くぎょう》の前駆《ぜんく》たちの声が聞こえ、それより殿上人の前駆のほうが短いので、女房たちは、それぞれ大前駆、小前駆と呼び名をつけて聞いて騒ぎます。それが何度も重なると、誰の前駆の声かを皆聞き分けて、「それは誰々よ、あれは誰々よ」と言うと、別の女房が「そうじゃない」と言うので、人をやって確かめなどした結果、言い当てた女房は、「だから言ったでしょう」などと言うのもおもしろいのです。

職曹司は住み慣れた寝殿造りの建物と異なって、背が高く物慣れない感じがするのですが、それがかえっておもしろいと作者は記しています。また、大内裏の入口から内裏に参上する男性貴族たちの先払いの声が聞こえてくる位置にあるので、宮中に出入りする人々の動きを間近に感じることができます。滞在が長期にわたったために、女房たちは先払いの声が誰の従者なのかを聞き分けるまでになっていています。

それにしても女房たちの騒ぎようは尋常ではありません。この後、有明の月が照らす庭に下り立った女房たちは、さらに内裏の左衛門の陣まで探索に行くという大胆な行動に出ますが、その時、ちょうど殿上人たちが退出してきます。女房たちは大慌てで逃げ帰り、職曹司で殿上人たちに応対することになります。そして章段末尾は、殿上人が昼も夜も絶えることなく職曹司を訪れ、上達部まで訪れたという文章で閉じられています。

この末尾の文章は何となく不自然に感じられるのですが、それは、中関《なかのかん》白家《ぱくけ》隆盛時ならあえて書かなくていいことを作者が書いているからです。ここを歴史に照らし合わせて見れば、長徳の変の後、凋落《ちょうらく》した中関白家の后《きさき》の後宮に、殿上人たちが相変わらず通っているということになります。つまり末尾の文章には、定子後宮の健在ぶりをアピールしようとする作者の気概が示されているのです。

2 長徳四年　五月の散策

①ホトトギスを尋ねて

職曹司での長期滞在は、内裏に入れないまでも大内裏にとどまっていた中宮定子の当時の微妙な政治的立場を示しています。その職曹司時代の章段には、清少納言をはじめ定子後宮の女房たちが生き生きと描かれる印象的な話がたくさんあります。その中から、まず、「五月の御精進《さうじ》のほど」で始まる段（九五段）を紹介しましょう。

『枕草子』には五月の描写が多く見えるので、五月は清少納言が最も好んだ時節だったと考えられています。現代の五月は初夏のさわやかな頃ですが、旧暦の五月は、現在の六月半ばから七月の緑深まる盛夏であり、同時に梅雨の季節にもあたります。天候不順で体調をくずしやすい時期なので、正月、九月とともに精進期間が設けられていました。

そんな五月の初め頃、清少納言がホトトギスの声を尋ねに行こうと提案します。ホトトギスは夏の到来を告げる鳥として、古来和歌に詠まれてきました。清少納言はこの鳥が大好きで、「鳥は」の段（三九段）で、ホトトギスのすばらしさを力説しています。

清少納言の提案に、退屈していた女房たちは乗り気になって目的地をあれこれ考えます。誰かが賀茂《かも》神社の奥あたりにホトトギスが鳴いていると言うので、そこに行こうということになり、五月五日の朝、車を調達して清少納言たち女房四人が乗り込みました。当時の牛車《ぎっしゃ》は四人乗りなので、乗りそびれた女房たちはもう一台、車を要求しますが、それは定子に制止されてしまいます。

さて、清少納言たちの車は大内裏から一条大路に出て、左近の馬場で端午の節句に行われる手番《てつがい》に行き当たり、それを見過ごして進みます。ちょうど一か月前に葵《あおい》祭り見物に出かけた道筋だったので、祭りの時のにぎわいが思い出されます。

到着した所は高階明順《たかしなのあきのぶ》の家でした。明順は定子の母方のおじにあたります。そこは京郊外の別荘で、建物の造りや調度類をわざと田舎風の趣向にそろえてありました。折しもお目当てのホトトギスがうるさいくらいに鳴き合っています。

手番　射手を二人ずつ組み合わせて勝敗を競う弓の競技。端午の節句には近衛府の官人が左近の馬場で騎射を行った。

明順は、中宮方から来た訪問客のために余興を用意してくれます。それは、近所の農家の若い男女を招集して行った稲こきの農作業でした。石臼を使った作業は、清少納言たち女房にとって、「見も知らぬくるべく物（見知らぬくるくる回る物）」であり、「めづらしくて笑ふ」見物だと書かれています。貴族女性はふだんの生活で庶民の労働を目にする機会がなかったことがわかります。さらに明順は、みずから摘み取った蕨《わらび》を供応するなど、田舎風の食事を演出し、清少納言たちをもてなしてくれました。

そのうち雨が降ってきたので、女房たちは急いで車に乗りますが、その時、清少納言が、「さてこの歌は、ここにてこそよまめ（ところで、ホトトギスの歌は、この場所でこそ詠みましょう）」と言っています。ホトトギス探索に出たからには、当然ホトトギスの和歌を詠んで持ち帰るというのが、定子後宮の暗黙の了解事で、それが代表メンバー四人の使命だったのです。

しかし、同行の女房が、「それはそうですが、帰り道の途中ででも詠んだらいいでしょう」と言ったので、そのまま車に乗り込んでしまいます。

ホトトギスの和歌　ホトトギスは代表的な夏の歌題で、『古今和歌集』の夏の歌三十四首中、二十八首がホトトギスを詠んでいる。「いつのまに五月《さつき》来ぬらむあしひきの山郭公《やまほととぎす》今ぞ鳴くなる」（読み人しらず）など。

2 卯の花車

清少納言たちは高階明順宅での目新しい接待を十分に楽しみ、詠歌の使命が果たせないまま帰途につきました。その帰り道には、彼女たちを夢中にさせるさらなる誘惑が待ち構えていました。今が盛りと咲き誇る民家の垣根の卯《う》の花です。最初は女房たちが満開の卯の花を折って、牛車の簾《すだれ》や側面にさしていたのですが、そのうち供の男たちも一緒になって、屋根に枝をふいたようにさしていった結果、牛車は卯の花の垣根を牛にかけたような状態になってしまいました。

これを見た人は何と言うだろうと清少納言は期待しながら帰路を進みますが、話しがいのある貴族は一人も通りかかりません。大内裏の入口の門が近づき、卯の花車を誰にも見せられないのを残念に思った清少納言は、一条大宮の藤原為光《ためみつ》邸に立ち寄ります。そして、「侍従殿やおはします。郭公《ほととぎす》の声聞きて、今なむ帰る（侍従殿はいらっしゃいますか。私たちはホトトギスの声を聞いて、今帰るところです）」と、使者に声をかけさせます。

侍従殿は藤原公信《きんのぶ》です。為光の六男にあたる二十歳過ぎの若者で、あの

藤原公信 206ページ主要登場人物解説参照。

斉信《ただのぶ》の異母弟です。宮中の精進期間ということで、気を抜いてくつろいでいた公信は、突然の清少納言の訪問に驚きます。大急ぎで袴《はかま》をはいて身づくろいしますが、清少納言はそれを待たずに車を走らせます。袴の帯を結びながら牛車を追いかけてくる公信を見て、ますます車を急ぎ走らせるのです。わざわざ公信を呼び出しておいて、これはつれない仕打ちです。

さて、大内裏の門の所でやっと追いついた公信は、息をきらせながらも、まず卯の花車にひとしきり笑い興じます。この一興を語り伝えてほしいという清少納言の願いは公信がかなえてくれそうですが、その彼から、「歌はいかが。それ聞かむ（詠んだ和歌はどのようなものですか。それを聞きましょう）」と問いかけられます。ホトトギスの声を聞いて帰るからには、和歌の一つも詠じているはずというのが、貴族社会の常識だったのですね。しかし、清少納言たちはまだ和歌を詠んでいませんでしたから、「今、御《お》前《まへ》に御覧《ごらん》ぜさせてこそ（まずは中宮さまに和歌をお見せして、その後で）」とごまかしてしまいます。

そのうち雨が強く降ってきました。門の下で雨宿りをしたいところですが、あいにくそこは屋根のない造りの土御門《つちみかど》だったので、ぬれてしまいま

土御門　ここでは、大

す。門の中へ入ろうとする牛車を引き留める公信に、「いざ、給《たま》へかし。内へ（どうぞ、いらっしゃいませ。宮中へ）」と呼びかける意地悪な清少納言。公信がふだん着のまま走って追いかけてきたので、そのまま宮中に入れないことを見越して言っているのです。

　雨はとうとう本降りになってしまいました。清少納言たちの牛車は大急ぎで門内に引き入れられ、残された公信は、家来が持ってきた傘をさして、後ろを振り返りながらのろのろと憂鬱そうに引き揚げます。その手には牛車にさしてあった卯の花が一本握られていました。

　さて、職曹司に帰還した清少納言たち一行は、定子の要請に応じて、さっそく、散策の一部始終を一同に語り聞かせます。ホトトギスがたくさん鳴いていたことや高階明順宅でのもてなしを語り、最後に公信が車を追いかけてきた時の醜態で笑わせてオチをつけていますから、清少納言の彼への仕打ちは意図的なものだったと推測されます。公信は定子後宮の談笑のだしに使われたのです。

　ひとしきり報告が終わったところで、定子からホトトギスの歌を問われますが、清少納言たちは肝心の和歌を詠みそびれたことを告白するしかあ

内裏の上東門のことを指す。築地塀《ついじへい》を切りひらいただけで屋根のないところから、上西門とともに、このように呼ばれた。221ページ大内裏図参照。

りませんでした。落胆した定子に今すぐにでも詠むようにと命じられ、乗車組四人は反省しながら詠歌の相談を始めます。

3 詠歌御免

ホトトギスの和歌を詠まずに帰り、定子の不興をこうむった清少納言たちが詠歌の相談をしていたところに、藤原公信から文が届けられました。彼は、あの卯《う》の花車から引き抜いた枝に和歌を付けてよこしたのです。返歌は早く返すほどいいというのが貴族社会の常識でしたから、先にこちらの和歌を詠まねばなりません。清少納言は侍女に自分の硯箱《すずりばこ》を部屋に取りに行かせますが、その様子を見ていた定子はじれったく思ったのでしょう、自らの硯箱を与えます。しかし、清少納言が宰相の君と詠歌を譲り合っているうちに、降っていた雨が強くなり、ついに雷まで鳴りだしました。

当時は避雷針などの設備もなく、建物も燃えやすい木造建築でしたから、落雷によって家屋が火事に見舞われることも多く、内裏も何度か焼失し建て直しています。とにかく恐ろしくて、格子をすべて引き下ろして回るうちに返歌どころではなくなります。

やっと雷雲が去り、雨も少し止んできた頃には日暮れになっていました。そこで、あらためて作歌に取りかかろうとしたところ、今度は雷見舞いに訪れた上達部《かんだちめ》たちへの対応に追われて取り紛れてしまいます。「今日はつくづく和歌に縁のない日なのだろう、こうなったらホトトギス探訪に出かけたことさえあまり人に話さないようにしよう」と笑う清少納言ですが、定子のほうは、「たった今だって詠めないことがあるものですか」と不満気です。

それから二日ほどたって、ホトトギス探訪の時の話になり、宰相の君が、「どうでしたか、（明順が）自ら摘んだという下蕨《したわらび》のお味は」と清少納言にたずねます。中宮定子はそれを聞いて、「思い出すことといったら（食べ物の話だなんて）」とお笑いになり、紙を投げてよこしました。そこには、「下蕨こそ恋しかりけれ」という連歌の下句が書かれていたので、清少納言は、「郭公《ほととぎす》たづねて聞きし声よりも」と付けて返しました。その後、清少納言は定子に自分の和歌に対する思い入れを告白することになります。

下蕨　早春、草の下に隠れるように生えている蕨のこと。

歌よむと言はれし末々《すゑずゑ》は、すこし人よりまさりて、「そのをりの歌は、これこそありけれ。さは言へど、それが子なれば」など言はればこそ、かひある心地もしはべらめ。つゆとりわきたる方もなくて、さすがに歌がましう、われはと思へるさまに、最初《さいそ》によみ出ではべらむ、亡き人のためにもいとほしうはべる。（九五段）

歌がうまいと言われた者の子孫は、少し人よりは優って、「その折に詠んだ歌はこれであった。何といってもあの歌人の子なのだから」などと言われてこそ、詠んだかいのある気持ちもするでしょう。まったく優れた点もないのに、それでもいい歌だと思って、我こそはと得意な様子で最初に詠みだしますのは、亡き人のためにもふびんです。

清少納言の曽祖父清原深養父《きよはらのふかやぶ》は『古今和歌集』歌人、父清原元輔《もとすけ》は『後撰《ごせん》和歌集』撰者であり、清原家は歌人の家としては名門でした。その家名を背負って出仕した清少納言の和歌に対する自負心とプレッシャーが想像されます。『枕草子』には作者の豊富な和歌的知識が盛り込まれていますが、清少納言の残した歌は多くありません。寡作の理由がそんなところにあったのだろうかと興味をひかれる逸話です。

　この、清少納言の真剣な訴えを聞いた定子は、しかたなく、「歌を詠むか詠まないかは自由にすればよい、こちらからは詠めとは言わない」という詠歌御免の許しを与えることになりました。

④ 庚申待ちの夜

　中宮定子から詠歌御免の許しを得た清少納言は、「いと心やすくなりはべりぬ。今は歌のこと思ひかけじ（とても気が楽になりました。今はもう和歌のことは気にかけないでしょう）」と、いい気になっていました。そんな頃、庚申《こうしん》待《ま》ちをなさるということで、内大臣がさまざまな準備を整えました。

　古代中国の道教思想に、人の腹の中に三尸《さんし》という虫が住んでいて、庚申の日に天に昇って人の罪状を天帝に告げ、寿命を縮めさせるという信仰がありました。それが日本に伝来し、庚申の夜は三尸が天に昇らないように見

道教思想　道教は中国漢民族の宗教。老子を教祖とし、無為自然を説く思想で、後に陰陽五行説や神仙思想などが加味され、不老長寿のために呪術や祈祷を行うようになった。

張るために、種々の遊びをして眠らないで夜を明かす風習になりました。その行事を庚申待ちと言います。ここで庚申待ちの準備に奔走した内大臣は定子の兄の伊周です。

さて、夜が更けゆくころ、題を出して、女房たちに歌を詠ませることになりました。一同が苦心して作歌に取り組んでいる中で、清少納言一人だけが中宮様の御前近くに伺候し、和歌以外の話ばかりしています。それに気づいた伊周がとがめると、清少納言は詠歌御免を賜ったことを話しました。伊周は驚いて、どうしてそんなことを中宮が許されたのか、ほかの時はともかく今宵《こよい》は詠めと迫ります。しかし、清少納言はまったく聞き入れず、相変わらず詠歌に参加しようとしません。人々が皆、和歌を披露し、その評定が始まろうという時分、定子が文を走り書きして、清少納言に投げてよこしました。そこには一首の歌が書かれていました。

元輔が後《のち》といはるる君しもや今宵の歌にはづれてはをる

（九五段）

あの歌人元輔の子と言われるあなたが、今宵の歌会に加わらずにいるのですね。

歌人の子孫という肩書を背負った清少納言の立場を十分に理解した上で、戯れかけてくる定子に対しては、詠歌御免を決め込んでいた彼女も思わず和歌を返さずにはいられませんでした。

その人の後といはれぬ身なりせば今宵の歌をまづぞよままし（九五段）

もし、私がその元輔の子といわれない身であったなら、今宵の歌会では真っ先に歌を詠んだことでしょうに。

意地を張っていた清少納言も定子に対して負けを認めざるをえませんでした。この段は、女房たちの中で積極的に行動してやや調子に乗ってしまう清少納言と、彼女を容認しながら優しくいさめる中宮定子を描く、職曹司時代の典型的な章段です。

　ところで、この話の中には歴史的事実と異なっている部分が一箇所あります。それは、定子の兄伊周が内大臣として記されていることです。この章段は、職曹司時代の五月を扱っていますので、定子が職曹司に滞在していた長徳四（九九八）年か長保元年のことになります。卯の花車を公信に見せるために一条邸に立ち寄っていることを考え合わせると、長徳四年とみてよいでしょう。公信の父為光の一条邸は、長徳四年十月末には売却され、女院詮子に進上されていたという記録が藤原行成《ゆきなり》の記した『権記《ごんき》』に見えるからです。

　伊周が長徳二年の変で内大臣の官位を剝奪されて大宰権帥《だざいのごんのそち》として左遷され、都に戻ったのは長徳三年の十二月でした。それから半年も経ない長徳四年の五月には、まだ正式な官職も定まっていない状態で、『栄花物語』などは、この時期の伊周に対して、「前帥殿《さきのそちどの》」という呼称を用いています。『枕草子』のこの段の「内大臣殿」という呼称は歴史的には間違いなのです。

　では、なぜ作者は伊周の官職呼称を間違えたのでしょうか。作者が伊周を前帥殿と呼ばなかったのは、間違えたのではなく、その呼称が『枕草子』

藤原行成　205ページ主要登場人物解説参照

の世界にそぐわなかったからです。『枕草子』に登場する中宮定子の兄伊周は、決して罪人であってはならないのです。彼が罪を負い左遷された過去の事件を表す呼称は、作者には用いることができなかったと考えるのが妥当だと思います。

職曹司時代の章段は一見明るく、平穏な日々を描いているようで、さまざまな歴史的内実を抱いた章段群です。そこに注意を払いながら読み進めていきたいと思います。

3 長徳四年 実直な頭弁

① 藤原行成の登場

『枕草子』に登場する男性貴族のうち、その登場回数と身分で藤原斉信に並ぶのは、藤原行成です。斉信が頭中将《とうのちゅうじょう》から宰相中将に昇進して作品内から消えていった代わりに、行成が頭弁《とうのべん》として登場し、職曹司時代の定子後宮に出入りします。ちなみに頭中将と頭弁は蔵人頭《くろうどのとう》という官職で、中将から一人、弁官から一人が就任した蔵人所《くろうどどころ》の長官です。天皇の身近で働く蔵人たちは中宮御所を訪れる機会も多い職柄なので、必然的に後宮窓口の清少納言と直接言葉を交わすことになります。

斉信と行成は平安中期に四納言と称された有能な官僚たちのうちに数えられた人物です。その二人と、中宮の取り次ぎ役として接したことは、清少納言の人生の中でどんなに誇らしく、晴れがましいことだったでしょう。清少納言は彼らとの交流を通じて、歌人の娘から才覚ある後宮女房へと、自らの人生を切り開いていく手応えを感じていたに違いありません。では、

四納言　藤原公任《きんとう》、藤原斉信、藤原行成、源俊賢《としかた》の四人。

ましょう。

藤原行成との交流が始まった頃、二人の間に交わされた贈答歌を見ていき

ある夜、職曹司で清少納言と話し込んでいた行成が、翌日は宮中の物忌みだからと言って、子《ね》の刻のうちに立ち去りました。翌朝、行成は、「今日はとても心残りな気分です。昨日は夜通し語り明かしたかったのに、鶏の声にせかされて……」という手紙を送ってきました。

清少納言はその返事に、「たいそう夜更けに鳴いたという鶏の声は、孟《もう》嘗君《しょうくん》の鶏でしょうか」と書きました。孟嘗君は中国の史書『史記』に見える古代戦国時代の斉《せい》の公族です。ある時、秦《しん》の兵に捕われそうになって脱出し、夜半に函谷関《かんこくかん》に至ったところ、関所の門が閉じていました。函谷関は鶏の声を合図に開門することになっていたので、孟嘗君は従者の一人に鶏の鳴き声をまねさせて関守をだまし、門を開けさせて無事逃れたという話が伝えられています。

夜中なのに鶏の声を理由に立ち去ったという行成の言葉に対し、清少納言は孟嘗君の故事を引いて揚げ足を取ったのです。行成からは折り返し、「孟嘗君の故事にはそうあるが、私たちの間にあるのは逢坂《おうさか》の関所です」

子の刻　夜中の午後十一時から午前一時頃まで。

『史記』　中国の歴史書。黄帝《こうてい》から前漢の武帝までの時代を伝紀形式で記す。司馬遷《しばせん》の撰修により、紀元前九一年に完成。平安時代には日本に伝来し、読まれていた。

函谷関　秦の国の東の国境を守る関所。現在の中国河南省霊宝市の南西にあった。守りの堅い関所として知られ、多くの戦闘の舞台となった。

という返事が来ました。清少納言にやり込められた函谷関の話を一転させ、男女が逢う意を持つ「逢坂の関」で戯れかけてきたのです。それを受けて清少納言が詠んだのが、後に百人一首に採られる次の歌です。

夜をこめて鳥のそら音ははかるとも世に逢坂《あふさか》の関はゆるさじ
（一三〇段）

夜のまだ明けないうちに鶏の鳴きまねでだまそうとしても、絶対に逢坂の関所は開かないし、そう簡単に私は許しませんよ。

この後、行成から、「逢坂は越えやすい関所だから鶏が鳴かなくても開けて待っているということですよ」という内容の和歌が来て、清少納言はそれ以上、返歌ができなくなります。清少納言が「世にゆるさじ」と読んだ「逢坂の関」は、実際は多くの人が行き来する越えやすい関所で、今度は反対に、行成から矛盾を突かれてしまったのです。さらに下の句に、「あなたは実は私を待っているのではないですか」という意も読み取れるとな

逢坂の関　近江《おうみ》の国に置かれた山城の国との境の関所。現在の滋賀《しが》県大津市逢坂にあった。京から東山道、東海道へ向かう交通の要衝だった。

れば、清少納言が返す言葉を失うのも当然でした。

しかし、口頭での二人の応酬はさらに続きます。その後訪れた行成が、この時の清少納言の手紙を殿上人の皆に見せたと言うと、清少納言のほうでは、「すばらしいことが伝わらないのは言ったかいがないから、むしろお礼を言います。反対に、見苦しいものが散らないようにあなたの手紙はしっかり隠して人には決して見せません」と答えます。ほかの女房たちとは全く違う清少納言の反応を行成は大変おもしろがり、彼女のことが気に入ってしまいます。

実は、この時行成から届いた手紙は、清少納言の手から、定子と定子の弟隆円に渡されていました。行成は三蹟《さんせき》の一人とされる能書家でしたから、彼の書いたものは誰もが欲しがったのです。また、ここで交わされた行成との贈答は恋愛歌であっても個人的なものではなく、後宮女房として公的な立場にいる清少納言のデモンストレーションであると考えるとよいと思います。

三蹟 平安中期を代表する三人の書道の名人を指す。行成のほかは、小野道風《おののみちかぜ》と藤原佐理《すけまさ》。

②行成の人柄

藤原行成は一条摂政藤原伊尹《これまさ》の孫で、美男薄命の歌人藤原義孝《よしたか》の息子です。とはいえ、実父と、養父になった祖父を早くに亡くし、母方の実家で育てられたようです。彼を蔵人頭に大抜擢《だいばってき》したのは、藤原道長室明子《めいし》の兄、源俊賢《としかた》で、行成はその恩を忘れず、昇進してからも決して俊賢の上座に座らなかったと『大鏡』に書かれています。また、行成の書き残した日記は『権記《ごんき》』として後世に伝えられ、貴重な歴史資料となっています。その記事からも推察されるように、実直な性格と実務能力の高さで一条天皇の信頼を得た有能な公卿《くぎょう》でした。

『枕草子』より少し後の時代の話になりますが、行成について『大鏡』に語られた逸話の中から、後一条天皇の子ども時代の話を紹介しましょう。ある時、天皇が玩具を持ってくるように命じると、人々は金や銀などでさまざまな工夫を凝らした豪華な物を作って献上しました。しかし、行成が独楽《こま》を献上すると、天皇は大変気に入り、それでばかり遊んでいたので、ほかの献上物はお蔵入りになってしまいました。

一条摂政藤原伊尹　［九二四—九七二］　藤原師輔《もろすけ》の嫡男。「これただ」とも。摂政太政大臣に至り、一条摂政と呼ばれた。和歌に巧みで、清原元輔ら「梨壺の五人」とともに『後撰和歌集』の編纂に従事し、家集『一条摂政御集（豊蔭集）』を残す。孫の行成が生まれると養子としたが、一歳を待たず薨去した。

藤原義孝　［九五四—九七四］　藤原伊尹の四男で、行成の実父。右少将だった二十歳の時、疱瘡《ほうそう》にかかり、兄の左少将挙《たか》

また、ある時、天皇に扇を献上することになり、人々は扇の骨に高価な技巧をこらし、さまざまな美しい紙に、あまり知られていない歌や詩などを書いたものを献上しました。それに対して、行成だけは特に豪華でもない造りの扇に、有名な白楽天の漢詩を、表面は楷書、裏面は草書体で心を込めて書いたものを献上しました。天皇は行成の扇を手に取り、表と裏を交互に見比べて鑑賞し、大切な宝物として手箱にしまいましたが、ほかの扇は最初におもしろいと見ただけで終わってしまったということです。

たわいない話ではありますが、物事の道理や本質を見極めて、周囲に惑わされることなく実行する能力を備えた行成の人物像が浮かびあがります。後に道長の側近として働く官僚の一人となりますが、むやみに権力に迎合することはなく、中立的な立場で自らの職務を遂行する人物でした。

清少納言が行成を信頼し、親しく交流したのも、彼が斉信とは対照的な政治的姿勢を持っていたからだと考えます。一方、行成も自分より年上の中宮女房に対して気を許し甘えるところもあって、逢坂の関の返歌などを寄こしたように思います。また、父親が有名歌人で、和歌を詠むのが不得手であると表明していたことは、清少納言と似通っています。二人には身

賢《かた》と同日に没した。行成が三歳の時である。歌人として優れ、家集『藤原義孝集』を残した。

後一条天皇　〔一〇〇八―一〇三六〕一条天皇の第二皇子で藤原彰子腹。九歳で即位した。

分や立場を超えて、相通じるものがあったのではないでしょうか。

『枕草子』四七段の記事によれば、定子後宮における行成の評判は決して芳しいものではありませんでしたが、それは行成が、「いみじう見え聞えて、をかしき筋など立てたる事はなう、ただありなるやうなるを、皆人さのみ知りたる（人の目を引いたり評判になるような風雅な振る舞いを特に見せることはなく、ただ自然体で普通の様子なので、人々は並みの人物だとばかり思い込んでいる）」ためだと言っています。

しかし、彼の奥深い性格を清少納言だけは理解し、中宮定子に啓上していたこと、そんな清少納言のことを行成も知って、互いに信頼し合っていたことが記されています。二人の交流がどこまで発展したのか、気になるところをお話ししましょう。

3 行成と清少納言

他人に迎合しない行成は、清少納言以外の女房たちからは敬遠されがちでした。若い女房たちが、「行成様は本当にお付き合いしにくいこと。ほかの男性のように歌を歌って楽しんだりもせず、ちっともおもしろくないわ」などと非難するのを聞いて、行成のほうもほかの女房たちには声もかけません。そして、清少納言に向かって次のように言うのです。

まろは、目はたたざまにつき、眉は額ざまに生《お》ひあがり、鼻は横ざまなりとも、ただ口つき愛敬《あいぎやう》づき、頤《おとがひ》の下、頸《くび》清げに、声にくからざらむ人のみ思はしかるべき。（四七段）

ぼくは、目は縦向きに付き、眉は額のほうに生えあがり、鼻は横向きであっても、ただ口元が魅力的で、あごの下や首がきれいで、声の感じのよい人だけに心ひかれるようです。

これは行成の口説き文句です。ということは、この描写のどこかに清少納言の容貌について言っている部分があると思われます。

この時、清少納言はまだ、行成に顔を見せるほど気を許してはいません。前半の目鼻立ちについては、行成が単に当時の美の基準と反対のことを言っているのだと考えます。縦向きについた大きな目と、額のほうに生えあがった大胆な眉の造作は、平安美人とは程遠い顔立ちです。

それに対して、口元と声の魅力を褒める後半は、清少納言について言っていると考えてもよさそうです。貴族女性はふだん、扇で顔を隠していますから、顔の中心部分は見えません。だから、扇の下から見える口元やあご、首、そしていつも聞いている声を取りあげて褒めたのです。ちゃんと確認したものだけを褒める、行成らしい口説き文句です。清少納言も悪い気はしなかったでしょう。ただ、これでは、清少納言の顔立ちの全体像がいっこうに浮かばないのが残念です。

さて、行成は中宮定子への取り次ぎ役として、常に清少納言を呼び出していました。自室に下がっているときも御前まで上らせ、里下がりしているときには自ら里邸に足を運んでまで取り次ぎを申し入れます。清少納言が何を言っても、まったく聞く耳を持ちません。年長の宮仕え人として、清少納言が諭そうとしているうちに言い争いになり、ついに行成から、「もう、顔を見せるなよ」という言葉が発せられて、絶交状態になってしまいました。

二人の交渉は、ある朝、一条天皇と定子の姿に見とれていた清少納言の寝起きの顔を、行成が偶然見てしまったことから再開します。それから後の行成は、清少納言の部屋の簾《すだれ》をくぐって中に体を差し入れなどして話をするようになったと、『枕草子』に書かれています。ちなみに簾の中に体半分を差し入れて話をする男性と、簾の中の女性との関係はかなり親しいと言えますが、それ以上の関係は推し量れません。それより、どんなに親密な間柄でも、上流貴族の男性と受領階級の女性とが同等の立場に立つことは残念ながら考えられない時代でした。

ところで、この章段では行成と清少納言の交流を中心に話が進んでいますが、作者が本当に書きたかったことがもう一つあると私は考えています。それは、行成と清少納言の交渉が復活する「三月つごもり方」の朝に描かれた、一条天皇と定子がそろって登場する場面です。

職曹司時代以降、一条天皇と定子がともに過ごした三月は長保《ちょうほう》二（一〇〇〇）年に限られますが、この時期の定子の内裏参入は、世間から特に注目される事件でした。なぜなら歴史上、道長が娘彰子《しょうし》を入内させ、定子から中宮の座を奪うという二后並立の緊迫した事態が生じていた時だったからです。そんな歴史的状況に対抗するように、昔と変わらず仲むつまじい一条天皇と定子の姿を、作者はここで描いているのです。そのように考えると、作者が定子参内の様子を描くために、行成と清少納言の交流を利用したとも見ることができると思います。行成は、定子と一条天皇同席の場に伺候する誠実な臣下として、この場面に最もふさわしい人物でした。

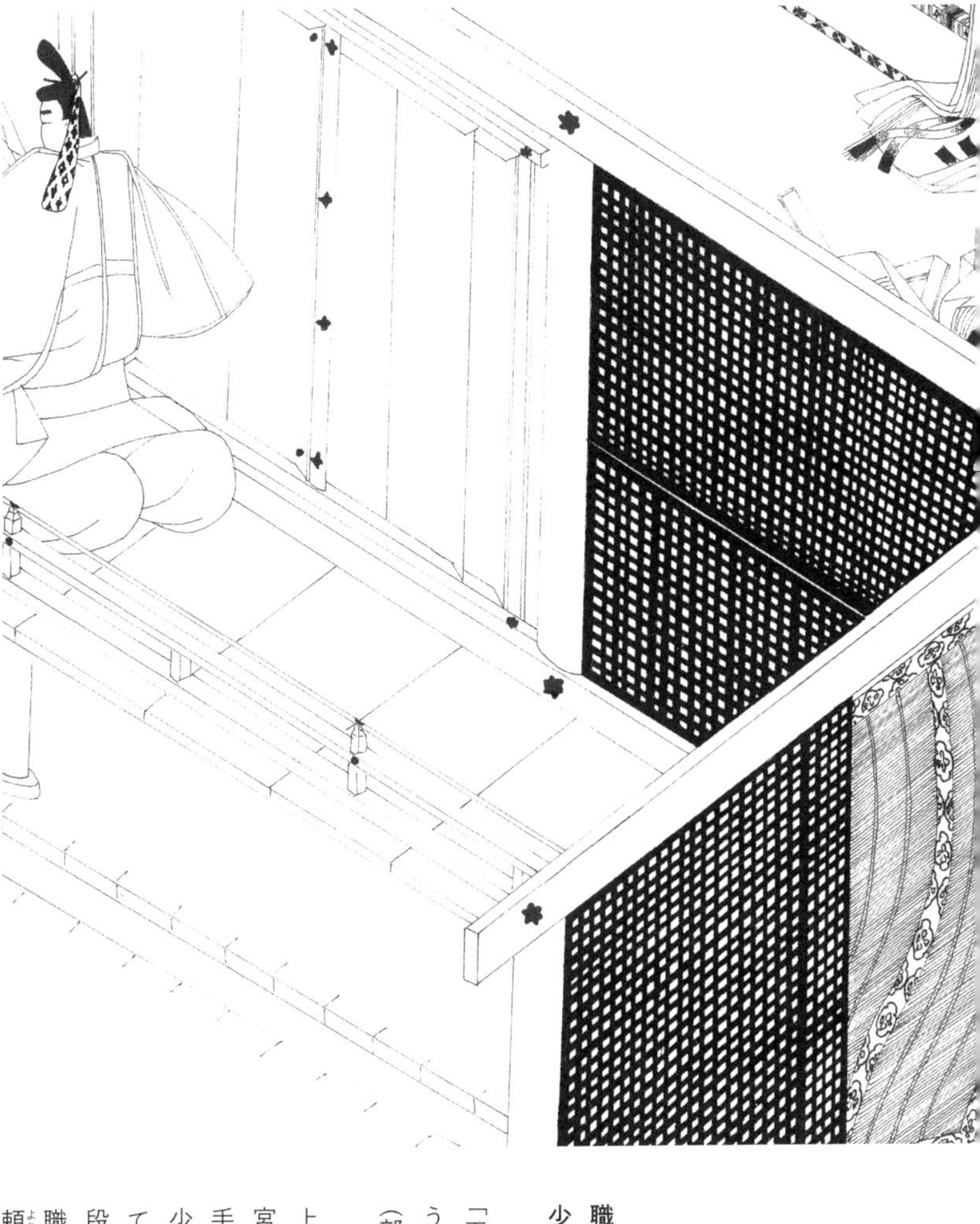

職曹司時代の定子と清少納言（枕草子絵詞）
『枕草子』一三一段「五月ばかり、月もないと暗きに」の場面（部分）。
右上の繧繝縁《うんげんべり》の畳の上に座っているのが中宮定子。右下で障子に手をかけているのが清少納言。左上に描かれている殿上人は、この段で藤原行成とともに職曹司を訪れていた源頼定《よりさだ》か。

4 長徳四年　笑われ者の役割

①源方弘の失態

職曹司時代の章段を中関白家隆盛期の正暦《しょうりゃく》五（九九四）年頃の章段と比べてみると、ずいぶん印象が違うことに気づきます。その理由として、第一に登場人物が変化したことが挙げられます。

正暦五年頃の章段では、関白道隆《みちたか》を中心に栄える一族の伊周や隆家などがよく登場していました。そこでは華やかな衣装をまとった上流貴族たちが漢詩や和歌の教養を披露し、それに対して作者の最上級の賛辞が贈られていました。一方、職曹司時代では、中関白家の人々の姿はすっかり消えています。栄華の世界から離れた定子を中心に、清少納言らサロン女房たちの日常的な生活のささいな事件を取りあげ、題材にしています。

そんな職曹司時代の章段で活躍するのは中下流階級の人々です。上流貴族が称賛の対象であったのに対して、中下流階級の人々は、上流社会にそぐわない言動によって笑われる対象となります。

『枕草子』中、最も笑われる回数の多い人物で、「方弘《まさひろ》は、いみじう人に笑はるる者かな」と一〇四段の冒頭で紹介される源方弘の話をしましょう。方弘は、長徳二（九九六）年正月に蔵人となり、宮中に出入りするようになった中流貴族です。彼は二つの章段に登場しますが、どちらの話でも笑われ者になっています。方弘のどういうところが笑われるのかというと、まずは奇妙な言葉遣いや言い回しです。それに、自らの失敗をつつみ隠さず大声で披露してしまうこと、立ち居振る舞いが粗雑で、灯台をひっくり返すなどして騒動を起こすことが加わります。

清少納言が言葉遣いに対して敏感なのは作家として当然のことでしょう。ほかの章段で、ある人物の田舎なまりを清少納言自身が直接からかう場面がありますが、方弘については、殿上人がさんざん彼を笑っている状況を傍観者の立場で記しています。

地方育ちの人間が、都会に出てきた当初、方言を使って笑われるのは現代社会でもよくあることです。方弘自身は自分が失態を演じているという自覚はなく、一生懸命に仕事をしていたと考えられますが、彼が頑張れば頑張るほど周囲の失笑を買い、〈笑われ者〉のレッテルを貼られてしまう

源方弘　206ページ主要登場人物解説参照。

灯台　室内用の照明具。台の上の油皿に灯心を立てて火を灯す。

（春日権現験記絵）

のです。彼は、上流社会の笑いの絶好の標的だったようです。

しかし、どんなに笑われても、部下が人々から「どうしてあんな主人に仕えているのか」とまで言われても、方弘はめげません。体裁を気にして出仕できなくなるのは上流貴族のお坊ちゃんであり、自らの力で立身出世を目指す中流貴族は骨太でたくましいのです。

清少納言が方弘のうわさをどのように受け止め、どう思っていたか、彼に対する作者のコメントは具体的に記されません。けれど、そこつ者方弘の人物像が、『枕草子』になんと生き生きと描かれていることでしょう。この後、職曹司時代の章段には、方弘よりさらに下の階級の人物が登場し、定子サロンの生活の中に入り込んできます。上流貴族ばかりを見つめていた作者の視線が、時代背景の変化とともに変わり、その中で、〈笑われ者〉の役割が新たな作品形成の要として機能していくのです。

② 常陸の介の醜態

職曹司時代の長徳四（九九八）年冬から長保元（九九九）年正月までの時期を扱った章段に、中宮御前の雪山作りの話が記されています。『源氏物語』では、光源氏が紫の上への寝物語として、藤壺《ふじつぼ》中宮の御前で作った雪山のことを語りますが、その歴史上で最も近い前例として挙げられるのが、『枕草子』のこの段（八三段）です。

「雪山の段」と呼ばれるこの章段は、初冬の精進日に一人の尼乞食が仏前の供物の下がりを求めて登場する場面から始まります。清少納言たちがおもしろ半分に、「ほかの物は食べないで、仏様の供物だけ食べるなんて、尊いことよ」とちゃかすと、女はまじめに「それがないから供物をもらいたいのです」と答えます。女乞食の貧しさを知り同情した女房たちは女を近くに呼び寄せ、さまざまな食べ物を与えます。さらにあれこれと質問して答えさせているうちに、女は調子に乗って歌を歌い、舞いだしますが、それが下品な歌詞と踊りでしたから、定子のひんしゅくを買ってしまいます。その時歌った歌詞の一句から「常陸《ひたち》の介《すけ》」と呼ばれるようになった尼

藤壺中宮の御前で作った雪山のこと　『源氏物語』の朝顔巻に描かれた場面。『源氏物語』中には『枕草子』を意識していると考えられる記述がいくつか指摘されている。

乞食は、その後度々職曹司に顔を出すようになります。

中宮が滞在する職曹司に、物乞いをするような卑しい者が入り込むことに少し驚きますが、広大な敷地に多くの建物が立ち並ぶ大内裏では、警備の対象とならない下衆女のたぐいなら容易に入ることができたのでしょう。

常陸の介は、定子サロンの内部に登場してきた〈笑われ者〉です。作者がこれまで描いてきた、称賛すべき上流貴族たちが定子の周辺から姿を消した時、その代わりに選ばれた描写対象が、人寂しい没落家に入り込んでくる下衆たちだったのです。彼らは身分相応の言動で周囲の失笑を誘う存在です。しかし、作品内で生き生きと活動し、清少納言ら女房たちと関わりながら、新たな作品世界を形成していきます。

ある日、常陸の介とは別の、もっと品のいい尼乞食が職曹司に現れたので、女房たちが彼女にいろいろ質問し、中宮からも着物が下されました。ところが、そこに常陸の介が来合わせ、その様子を見てしまいます。それ以後、職曹司に来なくなった常陸の介のことを、女房たちはすっかり忘れていました。

十二月中旬に積雪があり、御前で雪山作りが行われます。そして、この章段の主筋である雪山の賭けの途中で、常陸の介が再登場してきます。清少納言が常陸の介に、長い間、姿を見せなかった理由を問いただしたところ、彼女は自分の心境を和歌に詠みました。

うらやまし足もひかれずわたつうみのいかなる人に物たまふらむ　（八三段）

うらやましいこと。歩けないほどもたくさん、どのような人に物をお与えになったのでしょう。

常陸の介が下流の身分で一人前に詠じた和歌は、やはり身分相応のものでした。章段構成としては、この常陸の介の和歌を挟んで、前に内裏からの使者に対応する清少納言の歌、後ろに大斎院選子《おおさいいんせんし》から定子へ贈られた歌、と和歌が三首、並んで配置されています。三首の和歌の中心に置かれているのが下衆の常陸の介の歌になります。

彼女は詠歌の後、雪山の上をうろうろ歩き回って退出しますが、〈笑わ

大斎院選子〔九六四―一〇三五〕村上天皇第十皇女。十二歳で賀茂斎院に定められ、以来、円融・花山・一条・三条・後一条の五代五十七年間にわたり奉仕した。その文芸サロンが後宮文学に与えた影響は大きい。

れ者〉常陸の介の役割は何だったのでしょうか。歴史的背景を対照させながら章段を読み進めた後、改めて考えることにしましょう。

5 長徳四年 雪山作り

① 賭けの始まり

長徳四（九九八）年十二月中旬、平安京に大雪が降りました。大雪といっても平安貴族たちの日常に一興を添える程度の量だったようで、あちらこちらの御殿の庭で雪山が作られたと、内裏からの使者が清少納言に報告しています。

職曹司《しきのぞうし》の女房たちも、最初は下級の女官たちに雪を運ばせ、縁側に小さな山を作っていたのですが、そのうち、庭に本当の雪山を作ろうということになり、本格的な雪山作りが始まりました。

雪山作りの作業は中宮からの命令として下されたため、清掃係の官人や職曹司勤めの役人が次々と集まってきます。さらに日当まで支給されることになり、それを聞きつけた者たちが加わりました。そうして総勢二十名ほどの男たちの手で制作したというのですから、かなり大きな雪山が完成したことでしょう。

職曹司の役人たちが報酬を受け取って退出した後、中宮定子は女房たちに、「この雪山はいつまで消えないで残っているかしら」と問いかけます。女房たちが、「十日はあるだろう」「十数日はあるだろう」など、年内の期日ばかりを予想する中で、清少納言だけが翌年正月の中旬という遠い日にちを答えました。中宮も「そこまではもたないだろう」と思っている様子で、ほかの女房たちも皆、口をそろえて、「年末まではもたないだろう」と言うので、さすがの清少納言も自信がなくなってきます。心中では、「あまり遠い日にちを言ってしまったかしら。皆が言うように、そこまではもたないだろうな。せめて年明け早々と言えばよかった」と後悔するのですが、そこは彼女らしく、「一度口に出したことは撤回しないでおこう」と意地を張りました。

さあ、雪山の賭けの始まりです。二十日頃に雨が降り、雪山は少し小さくなりました。清少納言は雪深い北陸の白山の観音様に向かって祈ります。雪山は消えないまま年を越し、一日の夜には新雪がさらに降り積もりました。しかし、賭けの約束とは違うということで、中宮からクレームがつき、新雪は捨てられました。それでも消えそうもない雪山を見て、清少納言は賭けに勝ったと思います。

そうして賭けの決着のつく日を皆が心待ちにしていたところ、正月三日に定子が内裏に参入することになりました。清少納言はもとより中宮まで、賭けの結果を直接見られないのを残念に思うのですが、実はこの突然の中宮参内は、歴史的に見ると大変重大な事件でした。

長徳二年春、伊周・隆家の不祥事により内裏退出を余儀なくされた中宮定子は、それ以降も立て続けに起こった不幸を乗り越え、ようやく職曹司に参入し滞在していました。この章段に記される長保元（九九九）年正月の定子内裏参入は、二年近くの時を経て、久しぶりに一条天皇と中宮定子が再会することを意味していました。

清少納言もどれほどこの時を待っていたかしれません。そんな大切な記述が、雪山の賭けの結果が見届けられなくなる理由として、話の中にさりげなく挟み込まれているのです。

この時の定子参内は、公式記録には書き留められない極秘のものだったようです。それがなぜ、『枕草子』に記されたのか。当時の歴史的背景を対照させながらこの段を読むと、作者の意図していたことが見えてくるように思います。

②定子の内裏参入

雪山の賭けの途中で定子が内裏に参入したことは、歴史上、注目すべき事件でした。それは、長徳の変以降に定子が初めて参内したということだけではありません。

現存している他の歴史資料に見えず、『枕草子』のみに記されているこの時の定子参内が事実であったことは、同年冬に一条天皇の第二子が誕生することによって証明されます。生まれたのは男児でした。定子腹の第一皇子の誕生は、中関白家《なかのかんぱくけ》再興の可能性が生まれたことを意味しています。つまり、それは道長に傾いていた政権の行方を中関白家に引き戻しかねない重大事件だったのです。

長保元（九九九）年十一月七日、第一皇子敦康《あつやす》誕生の日、宮中では道長が、一条天皇の御前に多くの殿上人を集め、長女彰子の女御宣下《にょうごせんげ》の儀を挙行しました。皇子誕生の当日に合わせて、十二歳の娘を妃《きさき》にする道長の焦りが推察されます。

ところで、『枕草子』には年月日が明確に記された章段はそれほど多く

敦康親王 201ページ主要登場人物解説参照

ありません。特に日にちまで記されるのは、特別な行事が行われたか、何かの事情でその日を書きとめる必要がある場合と考えられます。しかし、雪山の段では、十二月中旬に大雪が積もった日から清少納言が予想した雪山消失の当日まで、作者は日にちを詳細に追って記しています。話の展開が、賭けの勝敗を決する日に向かって進められているのですから当然なのですが、その日にち記載の途中に定子参内の日付も記されており、それがさりげなく扱われているところに、作者の思惑がありそうです。

中関白家に重大な慶事をもたらすことになる定子参内は、『枕草子』に書きとめる必要のある記事だったと考えます。『紫式部日記』が彰子の産んだ敦成《あつひら》、敦良《あつなが》両親王の誕生記録であることから見れば、『枕草子』にも敦康親王誕生の記事があってしかるべきだと思われるのですが、それはありません。そもそも皇子誕生の事実こそ、道長の政権掌握を最も脅かすものでした。その記事を書くことは、国政に大きな影響力を持つ道長を刺激することになります。当時の社会情勢によっては、敦康親王の身の危険を招く不安もあったでしょう。そこで作者は、皇子誕生の発端となるできごと、つまり天皇の要請による定子参内の日を、雪山の賭けを利用して暗に

敦成親王　〔一〇〇八―一〇三六〕第六十八代後一条天皇。長和五（一〇一六）年九歳で即位。外祖父道長が先帝三条天皇に再三譲位を迫り、天皇は皇子敦明《あつあきら》親王の皇太子擁立を条件に譲位した。

敦良親王　〔一〇〇九―一〇四五〕第六十九代後朱雀《ごすざく》天皇。長元九（一〇三六）年二十八歳で即位。道長の力によって、皇太子だった三条天皇皇子敦明親王が廃され、兄敦成に継いで帝位を得た。

示しておいたのではないでしょうか。
　そのように考えると、この段の登場人物の中に、内裏の一条天皇と職曹司の中宮定子を結びつける役割を担った人物がいることに気づきます。それは、天皇から定子への文を届けにきて清少納言に歌を詠みかけた式部丞忠隆と、定子から常陸の介の話を聞いて興味を示す天皇付きの女房右近内侍《こんのないし》です。ここで、章段冒頭に登場した常陸の介に注目するなら、定子後宮の〈笑われ者〉として登場した彼女こそ、右近の登場を導く役目を担っていることになるでしょう。
　『枕草子』の記事からは、一条天皇がこの時、政治的状況によって長い間、仲を引き裂かれていた最愛の妻に会おうとして、忠隆や右近という身近な使いを職曹司に遣わし、内々に定子参内を働きかけていたことが読み取れます。作者はそのことを、雪山の賭けの話に取り込んで、しっかりと書き記したのだと思います。

式部丞忠隆　源忠隆。長保二（一〇〇〇）年正月に蔵人となり、一条天皇に仕えたが、詳細は不明。寛弘元（一〇〇四）年三月の『権記』の記事に、式部丞忠隆として記されている。

右近内侍　中宮定子とも親しく、『枕草子』に三回登場するが、詳細は不明。脩子《しゅうし》内親王と敦康親王の誕生の折に、御湯殿の儀に奉仕している。

③ 賭けの結末

長保元（九九九）年正月三日、定子に従って内裏に参入する際、清少納言は木守《こもり》という者に雪山の見張りを言いつけました。木守とは庭木番を意味する呼称で、職曹司の土塀のあたりに住みついている身分の低い者です。宮中には七日まで滞在し、里下がりした後も、何度も従者を職曹司に遣わし、木守に雪山を警戒させていました。

賭けの決着日は一月十五日でした。十四日の夜になって大雨が降り、雪山が消えるのではないかと清少納言は夜も寝ずに嘆きます。その狂ったような様子を見て、里邸の人々も笑います。夜中に無理やり起こされ雪山の様子を見に行かされた下人の報告では、まだ座布団の大きさくらい残っていて、木守がしっかり守っているということでした。清少納言はうれしくなって、明日の朝になったら、消え残っている雪のきれいな部分を取って盆に小さな雪山を作り、それに和歌を添えて定子に献上しようと思います。

早朝、清少納言は下人に命じて雪を取りに行かせます。しかし、下人は空の入れ物を手に提げて戻り、雪はすっかり無くなっていたというのです。

昨夜まで残っていたはずなのに、そんなことがあるものか、と清少納言は納得できません。雪は残っていたかという定子からの仰せ言には、自分が賭けに勝つのを妬んだ誰かが取り捨ててしまったのだと返事をしました。

一月二十日に定子の御前に参上した清少納言は、忽然《こつぜん》と消えた雪山について報告し悔しがります。せっかくすばらしい歌を詠んでお目に掛けようと思っていたのにと憤慨する清少納言。そんな彼女を見て、定子は大笑いしながら真相を話します。残った雪山を取り捨てたのは実は定子だったのです。驚き、嘆く清少納言に対して、定子は、お前が勝ったのも同然なのだから用意した歌を披露せよと言います。しかしとてもそんな気分になれません。一条天皇も、清少納言は定子のお気に入り女房だと思っていたのに、この一件でわからなくなったなと口を挟みます。

さて、定子はなぜ、雪を取り捨ててしまったのでしょうか。これについては、定子の清少納言に対する深い配慮を読み取る解釈がされています。すなわち清少納言がもしここで一人勝ちしてしまったら、ほかの女房たちの反感を買うのではないか。かつて同僚女房たちからスパイ容疑をかけられ、仲間外れにされた経験のある清少納言です。定子サロンの中にその火種がまだ残っているかもしれない。そこで清少納言の今後の立場を慮り、後宮をまとめる主人の立場から判断してとった行動だったという解釈です。

確かにそのような考え方もできるでしょう。定子後宮が置かれた社会的立場は依然として厳しく、女房たちの心中には不安や焦燥感が常に渦巻いていたはずです。ここでは清少納言のほうも、あえて笑われ者役を演じているように見えます。サロン内の平穏を保つために笑いが有効であることを、定子も清少納言も心得ていたのではないでしょうか。また、作者としての立場から考えると、不如意な生活の中でも屈することなく明るい雰囲気の定子サロンを描くことが、社会に対して中宮定子の存在をアピールすることになったと思います。

清少納言が正月休暇を終えて再出仕した時、定子は天皇と同席していました。長保元年正月三日から少なくとも二十日までの二週間以上の期間、定子が内裏にとどまって、一条天皇とともに過ごしたことが示されています。雪山の段は、笑われ者を買って出た清少納言自身の話の顚末《てんまつ》に、一条天皇と水入らずの一時を過ごす中宮定子の姿がしっかりと書き留められている章段なのです。

Ⅳ 終焉期

1 長保元年 生昌邸行啓

① 車の入らない門

長保元《ちょうほう》（九九九）年八月九日、中宮定子は第二子出産のため、職曹司《しきのぞうし》から出御することになります。通常、懐妊した后《きさき》は里邸に入るのですが、定子の里邸の二条宮は長徳の変後に焼失してしまいました。中宮が参入するのにふさわしい邸《やしき》を持った貴族たちには、道長方の無言の圧力がかかっていたと思われます。出御先となった所は、当時、中宮職の大進《だいじん》だった平生《たいらのなり》昌《まさ》の自宅でした。中宮職は中宮に関する事務を行う役所で、大進はその三等官、大臣と発音は同じですが、地位は比べようもありません。

一方、生昌にとっては、自分の家に中宮が滞在するなど思ってもみなかった一大事だったので、定子を迎え入れる準備に大奮闘したことでしょう。しかし、定子行啓が決まった時点から、ある問題が起こります。生昌宅に

平生昌 207ページ主要登場人物解説参照。

は皇族が入るための門が備えられていなかったのです。

そこで、「東の門は四足になして、それより御輿《みこし》は入《い》らせたまふ（東側の門は四足門に改造して、そこから中宮の御輿はお入りになる）」ということになりました。四足門とは、門の二本の柱の前後に柱をさらに二本ずつ設けた格式の高い門です。すなわち中宮行啓のために東の門を改造したということですが、『小右記《しょうゆうき》』には、「件宅板門屋、人々云、未聞御輿出入板門屋云々」とあり、生昌宅は板造りの門で、人々は御輿が板門の家に出入りするなど聞いたことがないと言ったと記されています。

『小右記』の筆者である藤原実資《さねすけ》は、当時の時勢下にあって道長におもねることなく、批判的な目を向けた人物でした。彼は、行啓当日に道長が早朝から人々を引き連れて宇治遊覧に出かけたことを記し、行啓を妨害する行為だと憤慨しています。定子の懐妊を無視しようとする道長と、道長に追従する貴族たちの動静を、最も敏感に感じ取っていたのは定子に仕える女房たちでした。孤立無援に等しい立場で必死に主人に仕え、中宮女房としてのプライドを保っていたと思われます。

藤原実資　205ページ主要登場人物解説参照。

四足門（年中行事絵巻）

四足門の体裁だけを整えた、にわか作りの板門が実情でしたが、中宮定子が板門の家に入るなど、清少納言には書くことができなかったのではないでしょうか。その代わり、『枕草子』六段では、女房たちが入ろうとした北側の門での一件を大きく取りあげています。

女房たちは、生昌が中流貴族だからと見くびっていたのでしょうか。自分たちの車は邸内まで乗り入れるものと思って身なりを整えていなかったといいます。ところが、門に車が入らなかったために下車して敷物の上を歩かねばならず、生昌邸に集まった人々に見苦しい姿を見られてしまったのです。それが大変腹立たしかったと訴える清少納言に対して、定子は、どうして油断して身なりを構わなかったのかといさめます。清少納言はそれでも気持ちが収まりません。そこに折あしく現れた当家主人の生昌との会話をシナリオ風に訳してみましょう。

清少納言:「おや、ひどい方がいらした。どうしてこんな狭い門の家に住んでいらっしゃるの。」

生　昌:「家の程度を身分の程度に合わせているのでございます。」

清少納言…「でも、門だけは高く造った人もあるということよ。」
生　昌…「これは、恐れ入った。それは于定国《うていこく》のことですね。学問を積んだ者でないと知らない故事ですよ。私はたまたま漢学の道に入っていたのでなんとか理解できますが。」
清少納言…「その道もご立派ではないようで。道に敷物を敷いてあっても、皆、くぼみに落っこちて大騒ぎしたんだから。」
生　昌…「雨が降っていたので、そんなこともあったでしょう。いやはや、これ以上責められないよう失礼いたします。」

ここで話題になっている于定国は古代中国の人で、その父が子孫の出世を予言して門を大きく建てたという話が漢籍に記されています。中宮女房としての教養を見せつけながら生昌を退散させてしまった清少納言。この時、彼女が本当に抗議したかったのは、定子の門の一件だったと思います。このでもそれは生昌に言ってもしかたのないことです。この後も女房たちの鬱憤は生昌へと向けられていきます。

于定国　〔前一一〇?―前四〇?〕中国前漢時代の政治家。宣帝と元帝に仕えて丞相《じょうしょう》（大臣）となり、律令（刑法の法典）を編纂《へんさん》したという。

◇2 没落期の笑い

生昌邸行啓の騒動が一段落した夜、女房たちが皆疲れてぐっすり寝込んでいる所に、生昌が清少納言を訪ねてきました。生昌は家主ですから、内鍵のない入口を承知していて、戸を少し開け、しゃがれた声で何度も、「そちらに伺ってもよろしいですか」と問いかけます。その姿は灯台の光に照らし出され、部屋の内側からは丸見えです。あまりおかしいので、清少納言は隣で寝ていた若い女房を起こし、一緒になって生昌を笑い飛ばしてしまいます。

夜間に男が女を訪ねるのは、恋愛関係を結びに来た場合と決まっています。そんな時にわざわざ、「そちらに行ってもいいか」と問う男はいるものか。また、そう言われて、「はい、どうぞ」と答える女はいない。中に入ろうと思うなら、何も言わずにそっと入ってくればいい。それが女房たちの心得ている上流貴族の恋愛作法でした。

宮廷に上がったこともない中流階級の生昌が、そのような立ち居振る舞いを身につけていないのはしかたがありません。清少納言がそれにこだわるのは、御子を宿した中宮が、本来、滞在すべきでない身分の者の家に入らねばならない現実にやるせない思いを抱いているからであり、その憤懣《ふんまん》を生昌に向けているからだと考えられます。

生昌への攻撃はその後もさらに続きます。定子はこの時、数え年四歳(満年齢では二歳七か月)になる長女脩子《しゅうし》内親王を伴っていました。生昌は、幼い皇女や付き添いの女童たちのために、衣服や食膳などの日用品を調達しようと思い、中宮に伺いをたてます。しかし、彼の用いた奇妙な言葉遣いがたちまち清少納言の嘲笑《ちょうしょう》のやり玉にあがるのです。

ここで、女房たちが徹底的に生昌を笑い者にするのはなぜなのでしょうか。長徳の変の時に、配流地から京に潜入した伊周《これちか》の動向を生昌が道長に密告したので、作者がそれを意識しているのだと考える説もあります。しかし、彼女たちが嘲笑すればするほど、不器用ながらも一生懸命、中宮に奉仕しようとする生昌の実直さは浮き立ち、嘲笑する女房たちのほうが理不尽に見えかねません。そうまでして作者が生昌を笑うのには、何らかの意図があると推察されます。

実はこの章段には、生昌に対する女房たちの笑いのほかに、もう一つの笑いが描かれています。それは、女房たちの背後に控える定子の笑いです。

つとめて、御前《おまへ》にまゐりて啓すれば、「さる事も聞《きこ》えざりつるものを。昨夜《よべ》の事にめでて行きたりけるなり。あはれ、かれをはしたなう言ひけむこそいとほしけれ」とて笑はせたまふ。

次の朝、中宮様の御前に参上して（生昌が夜中に部屋を訪ねてきたことを）申しあげると、中宮様は「そのような好きがましいことをするとは聞いていなかったけれど。昨夜のおまえの機知があまりにすばらしかったので、行ってしまったのでしょう。かわいそうに、生昌がいたたまれなくなるように言ったのは、本当に気の毒でしたね。」とおっしゃって、お笑いになります。

定子は、生昌をからかってヒステリックに笑った女房たちをいさめ、穏やかに微笑んでいます。この章段は、生昌を笑う女房たちを定子がいさめるという話の繰り返しによって構成されているのです。作者の本当の目的

いとほしけれ　原典に「いとをかしけれ」とあるのを、能因本によって改めた。

は、生昌を笑うことではなくて、中宮定子の姿を描くことにあったと言ってもいいでしょう。

中関白家没落後の章段には、隆盛期以上に笑いが多く描かれています。その笑いは隆盛期のような充足感に満ちたものではなくて、切羽つまった後宮内に諧謔《かいぎゃく》と一抹の明るさをもたらす笑いです。しかし、それによって中宮定子は以前と変わらぬ存在感を示しています。どんな環境の中にあっても、中宮としての威光を失うことなく、後宮の中心に描かれる定子。かつてのように、華やかな衣装や文芸的な応酬に飾られたきらびやかな姿ではありませんが、常に周囲への心配りを忘れず、女房たちを支えて内面的に輝く姿が描かれます。

もし、『枕草子』が書かれていなかったら、後世の人々は定子に対して、歴史に翻弄され、悲痛な日々に打ちひしがれて最期を迎える悲劇の后というイメージしかもてなかったのではないかと思います。作者は、生涯敬愛し続けた主人の誇らしい姿を『枕草子』に書きとめたのです。

2 長保二年 今内裏にて

① 一条天皇の成長

長保元（九九九）年十一月七日、定子は一条天皇の第一皇子を生みました。敦康《あつやす》親王です。起死回生を願う中関白家の希望の星でした。しかし、待ち望んでいた皇子誕生の様子について、『枕草子』はいっさい記しません。『紫式部日記』が第二、第三皇子の誕生について詳しく取りあげているのとは対照的です。それは、敦康親王を差し置いて、彰子の産んだ皇子たちが次々と皇位を継承することになる歴史的事実と関わりがあるのかもしれません。

　ともあれ、敦康親王の誕生によって朝廷における中宮定子の存在価値が大きくなったのは確かでした。平生昌宅での不本意な出産ではありましたが、皇子誕生百日目の祝いの儀式は、父親である天皇同席の場で行うことになります。定子は晴れて皇子とともに内裏に参入し、一条天皇との対面を果たしました。

今内裏　皇居が火災などにあって修復している間、仮に設けられた御所。一条院は、もとは藤原為光《ためみつ》（道隆、道長の伯父）の邸で東三条院詮子《せんし》の所領となっていた。一条大路南、大宮大路東に位置し、大宮院とも称された。一条の後、後一条、後朱雀、後冷泉の各天皇が里内裏とした。

百日《ももか》の儀は長保二年二月十八日で、定子の内裏参入はそれに先立つ二月十二日でした。前年六月に本来の内裏が火災にあって修復中だったため、一条大宮のかつての為光邸を仮の内裏として使用していた時のことです。

百日の儀　子供が誕生して百日目の祝儀。

一条の院をば今内裏とぞいふ。おはします殿は清涼殿にて、その北なる殿におはします。西東《にしひんがし》は渡殿《わたどの》にて、わたらせたまひ、まうのぼらせたまふ道にて、前は壺《つぼ》なれば、前栽《せんざい》植ゑ、籬《ませ》結ひて、いとをかし。（二二八段）

一条の院を今内裏と称します。天皇がいらっしゃる御殿は清涼殿ということで、その北側の御殿に中宮様はいらっしゃいます。建物の西と東は渡り廊下で、天皇がお渡りになり、また中宮様が参上なさる道になっていて、その前は壺庭なので、草木を植え垣根を作ってとても風情があります。

仮住まいながら、本来の内裏に似せて今内裏と称された一条院。清涼殿になぞらえた建物に天皇が住まわれ、中宮が北側のいわば後宮に相当する建物に滞在し、互いに行き来していたことが記されています。渡り廊下は二人を結ぶ道、壺庭は二人の邂逅《かいこう》を取り持つ美しい背景となっています。定子も一条天皇も、そして清少納言たち女房も、この時をどれほど待ち望んでいたことでしょう。

百日の儀を無事に終えた後の二月二十日頃、その渡り廊下の西側の間で天皇は笛を奏で、指南役の藤原高遠《たかとお》とともにめでたい高砂《たかさご》の曲を繰り返し吹き続けます。定子と会えない間に何度も練習し、上達した演奏の腕前を定子に聞かせたかったのでしょう。女房たちも御簾《みす》近くまで集まって拝聴し、感無量の思いです。その様子を見つめる作者は、『芹《せり》摘みし』などおぼゆる事こそなけれ」と記しています。諸注釈書の引く和歌説話によれば、「芹摘みし」で始まる古歌の下の句「心に物は叶《かな》はざりけむ」が現在の不遇を嘆く意味になり、そのように感じる事がなかったとあるので、この時は何もかもがうまくいくと思ったと言っていることになります。

しかし、その思いは覆されました。長保二年二月二十五日に彰子が中宮に立ち、定子は皇后に変えられるという措置がとられます。この章段に描

藤原高遠　［九四九－一〇一三］小野宮実頼《さねより》の孫で実資の同母兄。中古三十六歌仙の一人。笛の名手として認められ、一条天皇の笛の師となって、三位に叙せられた。

和歌説話　平安後期の歌学書『俊頼髄脳《としよりずいのう》』では、「芹摘みし昔の人も我ごとや心に物は叶はざりけむ」を引き、昔、后への恋がかなわなかった男の話を載せ

ている。

かれているのは、二后並立が道長の圧力によって断行される直前の、定子が一条天皇の唯一の后であった最後の一時なのでした。

　さて、公開演奏の後、天皇はこっそりとおかしな曲を吹きだします。それは、宮中で評判の粗野な蔵人《くろうど》のことを揶揄《やゆ》して作られた歌でした。清少納言も図に乗って、もっと大きな音で吹くようにと天皇をけし掛けます。本人が聞いたらまずいからと躊躇《ちゅうちょ》していた天皇ですが、その人物が宮中にいないのを確認すると、今度はおおっぴらにその曲を吹きだしました。

　一条天皇はこの時二十一歳、三歳年上の定子にリードされがちだったかつての少年天皇は、為政者としての試練を乗り越えて一回りも二回りも大きく成長していました。一方、定子は一族の不運に弄ばれ、身体的にも精神的にも疲弊しています。天皇はそんな妻をいたわり、少年時代のような茶目っ気を見せているのです。青年天皇の自信に満ちた姿がクローズアップされるこの段には、肝心の定子の姿が実際に描写されることはありません。今内裏で作者がとらえた一条天皇は、この時定子を支えるもっとも重要な人物なのでした。

②皇后定子

長保二（一〇〇〇）年に定子が今内裏に参入したのは二度、二月十二日から三月二十七日までと、八月八日から二十七日まで、合わせて一か月程度の期間です。年末に最期の時を迎えるまで、長保二年の大半は平生昌邸に滞在していました。しかし、『枕草子』に描かれた長保二年の章段は、短い今内裏滞在期間の時期に集中しています。

その今内裏章段に見える定子はこれまでとは異なり、具体的な姿や言動がほとんど描かれていません。ただし、定子がまったく描かれない段であっても、今内裏にいる清少納言の背後に定子の存在があることは示されているのです。そんな章段内に、定子の代わりに一条天皇の姿がこれまでになく生き生きと描き出されていることはすでに見たとおりです。

では、なぜ定子の姿は描かれないのでしょうか。長保二年春の定子参内について書かれた『栄花物語』の記事を見てみましょう。

一条天皇は前年冬に生まれた皇子に会いたいと望みますが、それを言い出せないままでいました。そんな天皇の心を推察した道長が、定子参内を提案し、辞退する定子に対しては女院詮子《せんし》が強く参内を勧めたと記されています。『栄花物語』には、道長や詮子の寛容さを印象づける意図があったと思いますが、この時期の定子の動静が、道長の意向によって左右されていたことがわかります。参内が実現して再会した一条天皇と定子の様子は次のように描かれています。

よろづ心のどかに、宮に泣きみ笑ひみ、ただ御命を知らせたまはぬよしを夜昼語らひきこえさせたまへど、宮例の御有様におはしまさず、もの心細げにあはれなることどもをのみぞ申させたまふ。「このたびは参るにつつましうおぼえはべれど、かく今一度見たてまつり、また今宮の御有様うしろめたくて、かく思ひたちてはべりつるなり」と、まめやかにあはれに申させたまふを……

（巻第六　かかやく藤壺）

天皇は何事につけても心穏やかに、中宮（定子）の前で泣いたり笑ったりしながら、自らの気持ちは変わらないが、命がいつ尽きるか知れないことを夜も昼もお話しになりますが、中宮はこれまでにないご様子で、ただ心細そうに悲しいことばかりを申しあげなさいます。「このたびの参内はご遠慮しようと思いましたが、今一度、お会いしたく、また生まれた宮の今後のことが気がかりで、このように思い立って参上したのです、」と、真剣にしみじみと申しあげられるのを……

ここには『枕草子』が決して語ることのない定子の姿があります。いかにも心細そうな様子で、悲しい思いを口にする定子は、なんと頼りなく痛々しい姿を見せていることでしょう。定子に会って、これまで抑えていた自分の思いを夢中で話し続けた一条天皇でしたが、いつもと違う様子に驚きます。定子はすでに天皇の思いを受け止める心の余裕を持っていませんでした。自らのことは諦め、皇子の将来を案じる母としての思いを切々と訴えていたのです。

これが長保二年の定子の実像だとしたら、『枕草子』に描かれなかったのも当然だと思います。華やかな後宮サロンの主人として輝いていた定子、不運の時代も女房たちへの目配りを忘れず穏やかな微笑みを保ち続けてい

一条天皇と中宮定子（枕草子絵詞）

『枕草子』八九段「無名《むみやう》といふ琵琶《びは》」の場面（部分）。

焼失前の内裏の登華《とうか》殿《でん》で、天皇の持ってきた琵琶《びわ》を手にしながら語り合うところを描いている。

た定子の姿が見られなくなった時、作者が描くべき定子はいなくなったのでしょう。それから一年を経ずに逝ってしまう定子の運命を知っていればなおさらのこと、死を予感する定子の言葉を書き記すことなど作者にはできなかったに違いありません。

今内裏滞在期間は、皇子皇女をはさんで定子一家が集う最後の機会でした。定子の姿が描かれないにも関わらず、作者がその期間を何度も取りあげるのは、定子に捧げる鎮魂の思いからだったようにも感じます。

3 翁丸事件

今内裏を舞台にした章段の中に、天皇がかわいがっていた猫の紹介から始まる一風変わった話があります（七段）。その猫は宮中に伺候するために五位の位を得て、「命婦《みょうぶ》のおとど」という名を与えられ、人間の乳母が付けられ大切に世話されていたというのですから、やや尋常ではありません。『小右記』によれば、猫は長保《ちょうほう》元（九九九）年九月十九日に誕生し、猫付きの乳母は人々の笑いの種になっていたということです。

命婦のおとど 「命婦」は天皇に奉仕する五位以上の女官、「おとど」は貴婦人の敬称。一条天皇にかわいがられた猫は、宮廷に出入りす長保二年の春、生後半年ほどになるこの子猫が縁側に出て寝ていたところ、猫の乳母が、「まあ、はしたない、中に入りなさい」と人間扱いをして呼びます。しかし相手は猫、当然ぐっすり寝ています。そこで乳母は犬に命じて猫を脅し入れるという強硬手段に出ます。犬は猫に走りかかり、猫はおびえて簾《すだれ》の中に駆け込むのですが、それを天皇がご覧になっていたから大変です。犬は打たれて島流しに、乳母は更迭という厳罰が下されます。

この時、蔵人たちに打たれ追放された哀れな犬が、翁丸《おきなまろ》という名のこの章段の主人公です。翁丸はふだんから今内裏に出入りして、女房たちにも顔なじみの犬だったようで、清少納言もその身の上を案じます。夕方、体中を腫れあがらせた犬が震えながら歩いているのを見て、清少納言が「翁丸」と呼びますが、犬は返事をしません。食べ物を与えても食べないので、皆、確信が持てないままに、翁丸はもう死んだというから違う犬ではないかということになりました。

次の朝、定子の身繕いに奉仕していた清少納言が、柱の下にうずくまっている昨夜の犬を見て、「ああ、昨日は翁丸をひどくたたいて、死んでしまったのはかわいそうだった。生まれ変わって今度は何の身になったのだろう。

る殿上人として、動物なのに人間並みの位を得ていた。

どんなにつらかっただろう」と言ったとたんでした。犬がぶるぶる震えて涙を落としたのです。やはり翁丸だったのか、昨夜は正体を隠していたのかと納得して、「翁丸か」と呼ぶと、ひれ伏してひどく鳴きます。それを聞いた天皇もこちらに来て、犬にもそのような心があったのだとお笑いになります。天皇付きの女房たちも皆集まってきて翁丸を呼ぶと、今度は反応するのでした。その後、翁丸は罪を許されたということです。

この章段では定子の姿はほとんど描かれません。ただ、清少納言とともに翁丸の身の上を心配し、翁丸が正体を明かした時には安心して笑ったと書かれるのみです。犬を主人公にしたこんな不思議な話が、なぜ『枕草子』に書き留められたのでしょうか。翁丸は乳母に命じられ、何の考えもなく天皇家の猫を脅したために、島流しの宣旨を受けてしまいました。女房たちは翁丸に同情してあわれむのですが、何一つできないまま事の成り行きを見守るしかありませんでした。そんな事態が歴史的なある事件と重なります。この章段の時点から四年前、定子の目前で伊周・隆家が左遷された長徳の変のできごとです。

しかし、中関白家の失墜を招いた不幸な事件を、当家に仕える作者が取りあげることなどできたのでしょうか。いろいろな見解が取り沙汰されています。これについては、次のように考えてみてはどうでしょう。事件から、さらに定子崩御からかなりの時間が経過した時、作者にはどうしても目撃したことを書き留めておきたいという思いが残っていた。しかし、作者の立場では、こんな形で触れるのが精一杯だったのだと。

章段の末尾は次のように閉じられます。

さて、かしこまりゆるされて、もとのようになりにき。なほあはれがられて、ふるひ鳴き出でたりしこそ、世に知らず、をかしくあはれなりしか。人など人に言はれて、泣きなどはすれ。（七段）

さて、翁丸はおとがめを許され、もとのようになりました。それにしても人間に同情され、震えて鳴きだしたのは、まったくおもしろくもしみじみ心動かされることでした。人間などなら他人に同情の言葉をかけられて泣いたりするでしょうけれど。

奇特な動物譚として語り終えられるこの章段が、これまでと異なる作者の語りの位置を示しているように思われてなりません。それは後宮女房という役目の枠を越えた、歴史の生き証人としての語り部の位置だったというのは言い過ぎでしょうか。

3 長保二年 三条宮にて

① 端午の節句

長保二（一〇〇〇）年春、今内裏に一か月余り滞在した定子は再び平生昌邸に移御します。その時、定子は三人目の御子を身に宿していました。初めて移御した際に清少納言が散々文句を付けた生昌邸は、定子の最終的な滞在場所となり、三条宮《さんじょうのみや》と呼ばれます。

『枕草子』の章段の中で、年時がはっきりしている最後のものが、この三条宮での端午の節句の記事（二二三段）です。長保二年五月五日、三条宮には定子と二人の子供たち、それに道隆四女で定子の妹にあたる女性が同居していました。御匣殿《みくしげどの》と呼ばれるこの女性は、定子から幼い皇子・皇女の養育を託され、定子崩御後に子供たちを引き取ったようです。そのうち一条天皇に寵《ちょう》されるようになり懐妊しますが、出産を待たずに亡くなってしまう薄幸の女性でした。この時も妊娠中の姉の代わりに、めいとおいの着物に薬玉《くすだま》を付けるなどの世話をしています。

御匣殿 203ページ主要登場人物解説参照。

さて、端午の節句の献上品の中に、風雅な薬玉と一緒に、「青ざし」という、青麦の粉で作った菓子がありました。清少納言は、お盆代わりの美しい硯《すずり》の蓋に青い紙を敷いて、その上に「青ざし」をのせ、「これ籬《ませ》越しに候ふ」と言って定子に献上しました。清少納言の言葉には、『古今和歌六帖』という歌集に載る次の歌が踏まえられています。

ませ越しに麦はむ駒のはつはつに及ばぬ恋も我はするかな

垣根越しに麦を食べる馬がほんのわずかしか食べられないように、手の届かない恋を私はしていることです。

これが麦の歌なので、麦でできた菓子に掛けたことはわかりますが、清少納言がこの歌で言いたかったことは何だったのでしょうか。第三句の「はつはつに」が、「ほんのわずかに」という意味を表すので、単に「わずかではありますが……」という言葉を献上品に添えたと考えることもできます。また、下句に清少納言自身が定子を慕う気持ちを込めたと考えてもいいでしょう。しかし、定子の反応はそこに留まっていませんでした。「青ざし」の敷き紙の端を破って、清少納言に次の歌を返したのです。

みな人の花や蝶《てふ》やといそぐ日もわが心をば君ぞ知りける

人々がみな花よ蝶《ちょう》よといそいそ浮かれるこの日も、私の心の中をあなただけはわかってくれていたのですね。

定子のいう「わが心」に先の『古今和歌六帖』の下句を響かせると、「私はなかなか手の届かない恋をしている」ということになりますが、これに当時の定子周辺の状況を照合してみると、一条天皇となかなか会えないつらい気持ちを清少納言に打ち明けたものとも読める歌になります。

そんな定子の思いを無視して、「花や蝶や」といそいそ浮かれている「みな人」は、歴史的背景を反映させると、新中宮となった道長の娘の彰子に追従している世の人々になるのでしょうか。しかし、『枕草子』が定子の悲境に関わる歴史的状況をそこまで明確に記すとは思えません。ここはあえて歴史的背景を反映させせない読みをしておきたい、というのが私の考えです。

清少納言が「ほんのわずかですが、皇后様をお慕いする私の気持ちです」という意味で添えた引用句に対して、定子は節句の行事にいそしむ妹や子供たち、女房たちを引き合いに出し、「みなが浮かれている中で、私を気遣ってくれるあなたこそ信頼できるわ」と、半ば冗談のように歌を返したとみます。そのように読むと、定子の和歌に対して記された「いとめでたし」という作者の賛辞が生きてきます。自らの悲運を嘆き、女房に苦境を訴える主人に対して、「めでたし」とは書けないと思うからです。

この段は、『枕草子』中で、いつのできごとかがわかる最後の章段であり、今内裏に取材したほかの長保二年の章段とは異なって、定子の姿がクローズアップされる唯一の段です。つらい状況の中でも決してめげず、女房たちの前ではあくまで主人としての姿を保っていた定子を、『枕草子』は最後まで描き続けたのだと考えます。

②乳母との別れ

『枕草子』の写本のうち、三巻本といわれる系統の本だけが、三条宮の段の次に語る、短い章段（二二四段）を紹介しましょう。定子のそばに乳母として長年仕えてきた女房が、地方に下ることになった話です。これが、いつ、どこでのできごとなのかは示されていませんが、乳母が定子のもとから去らねばならない状況を考えると、やはり中関白家《なかのかんぱくけ》没落後の話ではないかと推測されます。

大輔《たいふ》の命婦《みょうぶ》と呼ばれる乳母との別れに際して、定子はある扇を贈りました。その扇の片面には、日がうららかに差している田舎の家々の風景が描かれており、反対側の面には、都の立派な御殿に雨がたくさん降っている風景と次の歌が書かれていました。

あかねさす日に向ひても思ひ出でよ都は晴れぬながめすらむと　（二二四段）

明るく輝く日に向かって旅立っても、思い出してください。都では晴れぬ長雨の中で私が物思いに沈んでいるであろうと。

大輔の命婦が旅立つ先は、現在の宮崎県に当たる日向《ひゅうが》の国でした。明るくのんびりとした南国へ行っても、都で物思いをしている私のことを忘れないでね、と最後に乳母に甘えた定子の気持ちが素直に歌われています。注目したいのはこの歌の後、章段末尾に記された作者の言葉です。

御手にて書かせたまへる、いみじうあはれなり。さる君を見おきたてまつりてこそ、え行くまじけれ。（二二四段）

中宮様の御直筆でお書きになっているのは、本当にしみじみと悲しいことです。このような主人の様子を拝見して、そのままお見捨て申しあげて行くことなど、どうしてできるでしょうか。

『枕草子』の中で、清少納言が定子に対して「あはれ」という語を使った唯一の例です。先行き不安定な主人にこのまま仕えているより、地方官の役職が決まった夫と堅実な生活を送るほうを選択するのは、当時の中流階級の女性が生きていくためには当然の判断だと思います。時勢の流れとはいえ、最も親しい乳母からも見捨てられた定子の悲しみをそばで感じ、清少納言は思わずこれまで抑えてきた思いを吐き出してしまったのでしょう。自分だけは最後まで定子のそばにいる、決して離れはしないという決意表明とも見られるところです。

かつて清少納言にも宮仕え継続を迷った時期がありました。長徳二(九九六)年の事件に付随して清少納言の周辺に渦巻いていた不穏な空気に耐えきれず、長らく里居生活をしていた時です。そんな時、定子は彼女らしい気転の利いた方法で、じかに清少納言に働きかけてきました。定子の気持ちに感動し、再出仕を決意してからの清少納言は、もう、迷うことなく自分の行くべき道を定めていたのでしょう。

ところで、この段で作者が漏らした言葉は、『枕草子』がこれまで描いてきた定子と作者の関係を崩しているようにも思われます。いかなる時にも自分の悲しみを表面に出さず、女房たちを導いてきた主人を作者は描いてきたのではなかったでしょうか。しかし一方、最後まで明るさを演出し続けた『枕草子』の底流に、定子の運命を悲しむ作者の真実の思いがあったことも確かでしょう。その思いは、育ての親との別れを悲しむ定子の心情に作者の心が共鳴した際に思わず発動し、作品本来の意図を外れて筆が動いてしまったと推測することができます。

さらに、そのような章段だったから、これを採らない本があったけれど、一つの系統の写本だけにどうしても削ることのできなかった作者の思いが残ったのではないかと、私は憶測してみるのです。

悲運な主人への忠誠を改めて誓った清少納言ですが、その後、間もなく訪れる定子との永遠の別れを、この時は予想もしていなかったに違いありません。

4 定子崩御

長保二年

①歴史資料から

『枕草子』には、定子の崩御についてはいっさい触れられていません。三条宮での五月五日の記事が、定子の最後の姿を記したもので、定子と皇子たちのその後についてはわからないまま、作品が終わっていることになります。

史実によれば、その後、定子は長保《ちょうほう》二（一〇〇〇）年の八月に今内裏に参入し、二十日ほどで退出しています。それが一条天皇と過ごした最後の時間でした。それから四か月後に三人目の御子を出産した直後、わずか二十四歳で命を落とす定子の運命と、彼女の死が世間に与えた影響については複数の歴史資料に記されています。

藤原行成《ゆきなり》が記した『権記《ごんき》』によれば、長保二年十二月十五日、東西の山にわたって二筋の白雲が月を挟んだと言う者がいて、それは后に関わる凶兆を意味していたとあります。また、皇女誕生後、定子の後産が難航し、十六日の寅《とら》の刻の終わり頃（午前五時前）に崩御したことが内裏に伝えられています。その直後、女院詮子《せんし》が危篤状態に陥り大騒ぎになって、加持祈《かじき》祷《とう》を行ったところ、関白道隆あるいは二条丞相《じょうしょう》（伊周《これちか》）の霊が現れたという興味深い記事も記されています。定子崩御に対する道長側の人々の受け止め方は複雑だったと思われます。

さらに注目すべきことは、定子の死から四十九日目の長保三年二月四日の記事で、左大臣道長の養子になっていた源成信《なりのぶ》（二十三歳）と右大臣顕光《あきみつ》の息子藤原重家《しげいえ》（二十五歳）が、突然、三井寺《みいでら》に向かい、一緒に出家していることです。将来有望な若君たちの出家は、二人の父大臣はもとより世間の人々を大いに驚かせました。成信は『枕草子』にも登場する貴公子であり、かれらの出家には定子崩御が大きく影響しているとも見られます。

『栄花物語』では、「とりべ野」の巻の前半に定子の崩御と葬送の記事を大きく取りあげています。藤原道長を理想的人物とし、その栄華を描くことを目的とした作品に定子を大きく扱うのはなぜなのでしょう。作者は道長の定子に対する政治的措置の記述を微妙に避けながら、ひたすら同情の姿勢で中関白家の悲哀を詳細に書きつづります。定子の死は、当時、世間

二条丞相　二条は中関白家の邸の所在地。丞相は中国の官職呼称で大臣を指す。すなわち二条に邸宅を構え、かつて内大臣だった藤原伊周を指すが、長保二年時点で、まだ彼は生きている。

源成信　206ページ主要登場人物解説参照。

藤原重家　［九七七―？］左大臣顕光《あきみつ》男。成信とともに、突然、三井寺に密行して出家。従四位下近衛少将だった。容姿に優れ、光少将とも呼ばれた。

三井寺　滋賀県大津

の人々が心を動かさずにいられなかったできごとであり、取りあげるに値する物語的要素を備えていたということでしょう。定子崩御直後の『栄花物語』の記事を紹介しましょう。

「御殿油《おほむとなぶら》近う持て来《もこ》」とて、帥殿《そちどの》御顔を見たてまつりたまふに、むげになき御気色《けしき》なり。あさましくてかい探りたてまつりたまへば、やがて冷えさせたまひにけり。あないみじと惑ふほどに、僧たちさまよひ、なほ御誦経《ずきやう》しきりにて、内にも外にもいとど額をつきののしれど、何のかひもなくてやませたまひぬれば、帥殿は抱きたてまつらせたまひて、声も惜しまず泣きたまふ。

（巻第七　とりべ野）

「灯りを近くに持って来い」と言って、帥殿（伊周）が定子のお顔を見申しあげると、まったく息のないご様子です。これは大変だと驚いて、お身体を手で探り申しあげると、すでに冷たくおなりになっていました。ああ、とんでもないことだ、と帥殿が困惑している間に僧たちはうろうろ歩き回

市にある園城寺《おんじょうじ》の別称。延暦寺の山門派に対して寺門派と呼ばれる天台宗の総本山。草創は大友皇子とされ、平安時代に唐より帰国した円珍が再興した。円珍没後は山門派との対立が激化した。

り、さらに御誦経を唱え続け、部屋の中でも外でも、しきりに額をつけて大声で祈りたてますが、何のかいもなく終わってしまいましたので、帥殿は定子のなきがらをお抱き申しあげて、声も惜しまずお泣きになります。

定子の最期を看取ったのは兄の伊周でした。最愛の妹の死に直面して惑乱し号泣する姿がドラマチックに記されています。伊周にとって、定子が政治的に重要な人物だったことは言うまでもなく、精神的にも大きな支えだったと思います。

次は、最愛の妻を亡くしてもその葬儀に立ち会うことさえ許されない一条天皇の記述です。

内にも聞《きこ》しめして、あはれ、いかにものを思《おぼ》しつらむ、げにあるべくもあらず思ほしたりし御有様《ありさま》をと、あはれに悲しう思しめさる。宮たちいと幼きさまにて、いかにと、尽きせず思し嘆かせたまふ。

(巻第七　とりべ野)

天皇も（定子の訃報を）お聞きになり、ああかわいそうなこと、どんなにつらい思いをなさっただろう、本当に、もう生きられそうもないように思われていたご様子でしたのにと、いたわしく悲しくお思いになります。宮たちはまだとても幼くて、どうしているだろうと、尽きることなく思い嘆いていらっしゃるのです。

天皇としての立場上、どうにもならない面があっただけに、悔やみきれない思いが残っていたことでしょう。幼い皇子たちへの父親としての思いも切実に感じられます。定子のほうも最期まで夫への思い、我が子への思いをのこして旅立っていったのでした。

② 定子の遺詠

定子は亡くなる前に、遺言ともいえる歌を残していました。『後拾遺和歌集』の哀傷巻は、その定子の歌から始まっています。

一条院の御時、皇后宮かくれたまひてのち、帳の帷《かたびら》の紐《ひも》に結び付けられたる文を見付けたりければ、内にもご覧ぜさせよとおぼし顔に、歌三つ書き付けられたりける中に

夜もすがら契《ちぎ》りしことを忘れずは恋ひむ涙の色ぞゆかしき

知る人もなき別れ路《ぢ》に今はとて心ぼそくもいそぎ立つかな

一条院の時代に皇后宮が崩御された後、几帳の垂れ布の紐に結び付けられていた手紙を見つけたところ、天皇にも御見せくださいというように、歌が三首書き付けられていた、その中に

夜通しお約束したことをお忘れでなければ、私のことを恋しく思われるでしょう。そのあなたの涙の色を知りたいと存じます。

『後拾遺和歌集』 四番目の勅撰和歌集。承保《じょうほう》二（一〇七五）年、白河天皇の勅命で、藤原通俊《みちとし》が撰集。一条朝以後の摂関政治全盛期に詠まれた華麗で抒情的な和歌を多く収める。

誰も知る人のいない現世との別れ路に、今はもうこれで、と心細い気持ちで急ぎ出立することです。

最初の歌は、定子から一条天皇に宛てた遺詠です。道長側の圧力が強くなっていた最終時期、一条天皇と定子はわずかな邂逅の時間を惜しんで夜通し一緒に過ごしていたのでしょう。その時交わした言葉を支えにしてきた定子が、断ち難い一条天皇への恋情を歌ったものです。この時二人が交わした約束事の中には、第一皇子敦康《あつやす》親王の皇位継承のこともあったのではないでしょうか。そう考えると、結局、果たせなかった敦康の皇太子擁立を一条天皇が最後まで気にしていたことに納得がいくように思うからです。

次の歌は、死期の間近なことを悟った定子の辞世歌です。あの世にはすでに旅立った両親、藤原道隆《みちたか》と高階貴子《たかしなのきし》もいるという考えは定子の心に浮かばなかったようです。それより現世に残していく夫や幼い子供たちのほうに、何十倍も心ひかれていたのでしょう。どんなに心残りな気持ちだっただろうと思います。

さて、『後拾遺和歌集』が採録していない定子の三首目の歌は、先の二首とともに『栄花物語』に記されています。それは、自分の葬儀の方法を示唆するものでした。

煙とも雲ともならぬ身なりとも草葉の露をそれとながめよ

（巻第七　とりべ野）

煙にも雲にもならない私の身であっても、草葉に置く露を私だと思って偲《しの》んでください。

亡くなった後に煙や雲になるのは、当時一般的だった火葬に付されることを意味しています。そのようにならないというのは、定子が火葬ではなく土葬を希望したからです。土葬だから、土の上に生える草葉の露を私だと思ってくれと言うのです。その言葉に従って、定子は土葬に付されました。

なぜ、定子は火葬ではなく土葬を望んだのでしょうか。それはやはり現世に大きな未練が残っていたからではないかと思います。火葬にされ煙となって天上に消えてしまうより、この世の土に残って子供たちを見守りたいと願ったのではないでしょうか。自分が亡くなった後のことをあらかじめ考え、きちんと伝えることのできる人だった定子、后として十分な資質が推し量られます。

定子の葬儀は十二月二十七日、年末の冷たい雪の降る日に行われました。『栄花物語』には、伊周、隆家、僧都《そうず》の君ら、『枕草子』にも登場する同腹の兄弟たちが参列し、次々に悲しみの和歌を詠む様子が描かれています。また同じ頃、葬儀に参列できない一条天皇の様子は次のように記されています。

内には、今宵ぞかしと思しめしやりて、よもすがら御殿籠《おほむとのごも》らず思ほし明かさせたまひて、御袖《そで》の氷もところせく思しめされて、世の常の御有様ならば、霞まん野辺もながめさせたまふべきを、いかにせんとのみ思しめされて、

野辺までに心ばかりは通へども わが行幸《みゆき》とも知らずやあるらん

などぞ思しめし明かしける。

天皇は、葬儀が今夜だったと思いをはせられ、一晩中お休みにならずに定子のことを思いながら夜をお明かしになり、涙にぬれた袖が凍るのもやりきれない気持ちで、世間一般の火葬であれば、煙に霞む野辺をそれと眺めることができるだろうに、土葬では何の目当てもなくどうしたものかとばかりお思いになり、

葬儀場の鳥辺野まで心だけはあなたを慕って通っていくが、私が訪れたとも気づかないことだろう。

などとお思い続けて夜を明かされました。

定子の最期を見送ることのできない一条天皇の切ない思いが伝わってきます。それから十一年後、一条天皇は三十二歳で崩御しますが、その三日前、出家した時に詠んだ歌は次のものでした。

露の身の仮の宿りに君を置きて家を出でぬることぞ悲しき

露のようにはかない身がかりそめに宿った現世にあなたを置いて、出家

鳥辺野　京都市の東山の麓あたりの地。平安時代以降、化野《あだしの》、蓮台《れんだい》寺《じ》とともに京の葬送地として知られる。

してしまうのは悲しいことです。

これは、現世に残る中宮彰子に宛てた遺詠とされていますが、実はそうではなく、先に、「草葉の露を私と見よ」と歌った定子の遺詠に対応しているという説があるのもうなずける気がします。

3 清少納言のその後

皇后定子崩御というできごとが、一条天皇や中関白家《なかのかんぱく》一族だけでなく、当時の貴族たちに大きな衝撃を与えたことを見てきました。それは、『枕草子』に書き留められた明るく誇り高い定子が、作者が創造した虚構の姿ではなく、定子自身が人々の気持ちを引きつけるだけの人格を備えた后であったことを証明しています。

そんな主人を心から敬愛し、最期までそばにいたであろう清少納言は、定子崩御後、どうしたのでしょうか。定子がいなくなった後の記事が『枕草子』にないことから、作者は宮仕えを引退したというのが、これまで最も支持されてきた考え方でした。それから再婚してしばらく地方に暮らした後、都に戻り、定子の葬られた鳥辺野陵の近くで定子の菩提《ぼだい》を弔いつつ一生を終えたというのです。それは理想的な主従のあり方として誰もが納得しやすい筋書きですが、読者の想像に依拠した推測でもあります。

もっと現実的にさまざまな可能性を探ってみると、勤め先を失った女房が新たな職を探して移るということも考えられます。たとえば、彰子中宮の後宮に清少納言が仕えたという説もあるのですが、それは紫式部との関係から否定しておきましょう。

もし、清少納言が宮仕えを続けていたとしたら、勤務先としては、定子の長女の脩子《しゅうし》内親王家が一番妥当なのではないかと考えます。定子の三人の遺児のうち、敦康《あつやす》親王は皇位継承に絡んで一時、彰子の養子にされたり、隆家が自邸に連れていったり、道長方との間で常に緊張関係を強いられていました。また、定子の命と引き替えに誕生した媄子《びし》内親王は、わずか九歳で亡くなっています。中関白家の中では脩子内親王が一番長寿で、五十四歳まで生きており、『枕草子』に登場している宰相の君も一時期出仕していたようです。脩子内親王家であれば清少納言も比較的穏やかに出

鳥辺野陵　鳥辺野は前出。定子の眠る鳥辺野陵は、泉涌寺《せんにゅうじ》のそばにあり、現在、その手前に清少納言の歌碑が置かれている。

仕生活を続けられたのではないかと推察します。

清少納言の出仕継続に私がこだわるのは、『枕草子』が定子崩御後すぐに書きあげられたのではなく、しばらくしてからまとめられ公表されたのではないかと考えているからです。『枕草子』という作品は、中関白家の栄華から没落に至る歴史的動向を、事件当時から少し離れた時点でとらえ直した作者がまとめあげた作品だと考えます。作者が定子とあまりにも近い位置にいたからこそ、時間的に離れた位置に立つことが必要だったと思うのです。

しかし、残念ながら清少納言の宮仕え継続を裏付ける確かな資料はありません。清少納言の自身の歌集や彼女と交流した人物の歌集からは、一時期、元輔《もとすけ》の旧邸に住んでいたこと、また摂津へ下った時期があり、晩年は「月の輪」に住んだと見られる記事もあります。摂津や「月の輪」の地は、清少納言の再婚相手と考えられている藤原棟世《むねよ》と関わるようですが、詳細は不明です。もし、定子崩御後に清少納言が宮仕えを辞めていたとしたら、元輔邸に住んでいた時期に『枕草子』をまとめあげたことになるでしょうか。

月の輪　京都東山の泉涌寺周辺の地。ただし、「月の輪」の地名の由来となる月輪《がちりん》大師が泉涌寺を造営したのは鎌倉時代。平安時代の「月の輪」の地については諸説あるが不明。

藤原棟世　［生没年未詳］正四位下左中弁。筑前、山城、摂津等の地方長官を歴任。清少納言より二十歳以上年長で、娘（小馬命婦《こまのみょうぶ》）をもうけたとされる。

作者が『枕草子』に託した思いは何だったのでしょう。定子が最後まで心を残した敦康親王の皇位継承を、定子後宮の優秀さという面から後押しするためだったと考えることもできます。しかし、政治的状況はそれほど甘いものではありませんでした。定子の遺志に報いたのは、第一皇子立太子を断念せざるをえなかった一条天皇の無念の思いだけでした。

政治的な目的はかなわなかったとしても、『枕草子』を書いているうちに、作者の心には女房としての役目を超えた別の思いが生まれていたのではないでしょうか。それは、自らの人生を誇りを持って生き抜いた一人の女性の姿を記し留めたいという願いであり、また、その女性に仕えることを誇りとした女の人生を語ろうという意志だったと思います。摂関政治体制下の社会にあって精一杯生きる道を探ってきた、立場の違う二人の女性の生の軌跡として、この作品は書き残されたのではないか。『枕草子』を歴史に沿って読み終えた今、私はそのように感じています。

V『枕草子』の読み方

1　随筆文学として

中学校や高校で『枕草子』を初めて読んだ方は多いと思います。読んだことがない方でも、「春はあけぼの」の印象的なフレーズは聞いたことがあるのではないでしょうか。最近では受験科目に古典を設定する大学が減ってきているものの、『枕草子』は古文教材の変わらぬ定番です。では、文学史ではどのような作品として位置付けられているのでしょうか。答えは、随筆あるいは随筆文学です。

随筆とは、「見聞したことや心に浮かんだことなどを、気ままに自由な形式で書いた文章。また、その作品。」（松村明編『大辞林　第三版』三省堂）とされています。

『枕草子』にはさまざまな文章がつづられています。四季の代表的な時間帯を選んで描写した冒頭の「春はあけぼの」（一段）、初夏の散策体験を記した「五月《さつき》ばかりなどに山里にありく」（二〇七段）のような文章があります。また、「よろづの事よりも、情《なさけ》あるこそ、男はさらなり、女もめでたくおぼゆれ（ほかのどんなことよりも思いやりのあることが、男はもちろん、女もすばらしいと思います）」（二五一段）のように人間関係について批評した文章もあります。さらに、「うれしきもの」（二五八段）「にくきもの」（二六段）などの人間心理をテーマに取りあげた文章があり、それらを読むと、作者の感じたこと、考えたことが現代の私たちにもじかに伝わってきます。

同様な形式を持った有名な古典として、鎌倉時代に書かれた『徒然草《つれづれぐさ》』を思い浮かべる方もいらっしゃると思います。それもそのはず、『徒然草』には、作者の兼好が『枕草子』をお手本として読んでいることがちゃんと明示されているのです。つまり、中世には『枕草子』は模倣すべき古典としてとらえられていたということです。

では、平安時代はどうだったのでしょうか。中国から伝来した漢字をアレンジして平仮名が発明されたのは平安時代の始め頃でした。その平仮名を使って和歌や物語が急速に作られていったのですが、『枕草子』以外に随筆と見なされる作品は一つも現存していません。このような状況につい

『徒然草』 鎌倉時代後期の随筆文学。兼好著。人生論から趣味論、自然観照、挿話、雑記など、多岐にわたる内容をつづる全二四三段からなる。

て、国文学者の五十嵐力《いがらしちから》は、著書『平安朝文学史』（一九三七年刊）に「大空に孤高を持したる『枕草子』」と書きました。『枕草子』は文学史上に孤立している特異な作品だという意味です。『源氏物語』が書かれる前に、『竹取物語』や『伊勢物語』という同じ種類の先蹤《せんしょう》文学があった事情とは異なっているのです。

それでは、『枕草子』は中世以降に登場してくる随筆文学とみなされる作品群の先駆けだったのかというと、実はそうとも言い切れません。それは、『枕草子』が随筆とは異なる世界を作品内部に持っているからです。「山は」（一一段）「河は」（六〇段）といった表題で歌枕（和歌に詠まれる地名）を収集した形の文章は、女房として必須の教養だった和歌の知識をもとに書かれています。また、定子後宮でのできごとを記録した文章は、主家称賛の視点でとらえられています。そのような記事が『枕草子』の本文の半分以上を占めているのは『徒然草』との大きな違いです。

この違いは何に由来するのでしょうか。一人の作者の意図によって書かれた『徒然草』と違って『枕草子』には、宮廷女房としての作者の立場が作品に大きく影響しています。『枕草子』は清少納言という女性が全くの

五十嵐力　〔一八七四―一九四七〕大正から昭和初期の国文学者。早稲田大学教授。国文学の文芸学的研究に貢献した。

歌枕　古くから和歌に多く詠まれてきた名所。

個人として書いた作品ではなく、作者が仕えた定子の後宮文化の中で生み出された作品なのです。

後宮女房によって著作された後宮文化を代表する作品、それは『枕草子』という作品を規定する重要な要素です。その点から考えると、『枕草子』は王朝文学の中で決して孤立していたとは言えなくなります。むしろ後宮文化を先導する作品として見なされていたと言えるのではないでしょうか。紫式部が標的として狙ったのもうなずけるはずです。

それでは結局、『枕草子』はどんな作品なのか。これは国文学界における大きな研究テーマの一つでもあります。

2　後宮女房日記として

『枕草子』の跋文《ばつぶん》と呼ばれる後書きには、この作品が書かれることになったきっかけが記されています。ある時、内大臣藤原伊周《これちか》が一条天皇と中宮定子に大量の紙を献上しました。「これに何を書いたらいいかしら。天皇は『史記』（中国の歴史書）を書写させたということですが」と定子は後宮で問いかけました。その時、清少納言が、「まくらでしょう」と答えたので、定子から紙を下賜され、自らが筆を執ることになったという事情です。

当時、紙は貴重品で、上質の紙はなかなか手に入らないものでした。定子が時の関白の娘だったからこそ、兄伊周を通じて大量の紙が手元に入ったのです。それが、一人の後宮女房の手に渡ったとなれば、おのずから紙に書くべき内容も決まってきます。清少納言が答えた「まくら」が何を意味しているのか、未だに定説はありませんが、成り行きから考えれば、それが定子後宮のすばらしさをアピールする役目を担っていたことは間違いありません。

さて、定子の母の高階貴子《たかしなのきし》は漢詩の作文《さくもん》が大変得意な女性でした。平安時代、漢字は男手《おとこで》とも言われ、女性がそれを使って漢詩を作ると世間から非難されるような社会でした。それでも貴子の作った漢詩は、並みの男性貴族の水準を超えており、しばしば朝廷から作文を命じられたと『大鏡』に記されています。

才気煥発《かんぱつ》な母親の血を引いた中関白家の姫君たちは、女性が漢字を使うことに引け目を感じることなく、存分に男性並みの教養を身につけていったものと考えられます。一方、当意即妙な詠を得意とする歌人清原元輔《きよはらのもとすけ》の娘として生まれ、父親から和漢の教養を十二分に受け継いだのが清少納言でした。中宮定子と清少納言は文学的素養の面からも抜群に相性がよかったと言えるでしょう。だからこそ、定子と出会った清少納言は、水を得た魚のように後宮文化の中でその才能を発揮していったのです。

『枕草子』には、定子を中心にさまざまな宮廷生活の様子が書き留められています。主人の日常のできごとを記録するのは女房の役目の一つであり、前例を重んじる時代の公的記録として書かれていたのが女房日記でした。『枕草子』もそのような女房日記であると考える見方があります。中宮定子の動向を女房の立場から書き留めたという点では、『枕草子』は女房日記の一種だと言えるかもしれません。

ところが、『枕草子』と女房日記には決定的に違う点があります。それは、作品の形態です。日記であれば、その記録的性格から、時間を追って記されるのが普通です。しかし『枕草子』の場合、清少納言が宮仕えする以前から、定子が崩御する年に至るまでのできごとを扱った文章が、時間的な順序に関係なく作品内に偏在しています。さらにそれらの文章が、「春はあけぼの」や「うつくしきもの」などさまざまな内容形態の文章の間に不規則に入り込んでいるのです。

『枕草子』は定子後宮の記録ですが、時間の流れに沿って記される一般的な女房日記とは異なる形態を持った作品であり、そのことは女房日記とは異なる『枕草子』の文学としての性格を表していると思われます。

次に、『枕草子』全体の形態についてお話ししましょう。

3　四種の伝本について

古典の授業で『枕草子』を勉強しても、『枕草子』全部を通して読んだ方はあまりいないと思います。また、受験勉強的な知識として、『枕草子』は約三百の章段からなる作品であると記憶した方も、それらの章段がどのような順序で並んでいるのかを知る方は少ないのではないでしょうか。

高校までの古典の教科書では、『枕草子』のいくつかの章段を適宜選んで載せているので作品の全体像がわからないのも当然です。大学で古典文学を専攻した学生が、初めて『枕草子』全体を勉強して驚くことは、作品全体の形が雑然としてまとまりがないことでしょう。それは、さまざまな内容の文章から成っている作品の形態自体の不安定さと、現存している写本の内容が大きく異なることによる本文確定の不安定さという二つの要因によります。

以下は少し専門的な話になりますが、できるだけわかりやすく説明しましょう。まず、『枕草子』本文の不安定さの面についてです。作者が実際に書いた当時の文章が、現在までそのままの形で伝えられていないのはどの古典も同じですが、『枕草子』の場合は、伝えられた本（伝本）に、内容の大きく異なるものが何種類もあるのです。それらの伝本を、昭和初期に池田亀鑑《いけだきかん》という研究者が詳しく調査し、大きく四種類に分けました。四種の伝本は、部分的な用語の違いのほかに、文章の出入りや順序の違いがあちこちに見られ、全体的な形態が異なっています。それは、まるで違う作品かと思われるくらいです。次に簡単に紹介しておきます。

　四種の伝本のうち、現在私たちが最も読む機会の多い本は、もともと三巻に分冊されていたことから三巻本《さんがんほん》と名付けられた伝本です。複数ある三巻本の伝本の中では、京都近衛《このえ》家の陽明文庫に所蔵されていた一本が最も善い本とされていますが、残念なことに上巻前半部が紛失して残っていないため、冒頭から約四分の一の分量の文章が欠けています。欠けた部分は、他の三巻本系の伝本で補って読むことになります。

　その陽明文庫本が学界に紹介される昭和初期頃まで、一般的に使用されていた伝本が能因本《のういんほん》です。平安中期に活躍し、清少納言の親戚筋にあたる歌人の能因法師が持っていた本であると奥書《おくがき》に記されているため、信頼すべき本と考えられました。そのため、江戸時代に出版された『枕草子』の

池田亀鑑　〔一八九六－一九五六〕昭和前期の国文学者。東京大学教授。平安文学における文献学的研究に優れた業績を残す。『枕草子』の諸伝本を集大成したのは『校本枕冊子』で、『源氏物語大成』も著名。

能因法師　平安中期の歌人。東北地方を旅して和歌を詠んだ。『後拾遺和歌集』に三十一首入集。また、歌学書『歌枕』を著作。

注釈書はすべて能因本を用いており、その中で、北村季吟《きたむらきぎん》の『枕草子春曙抄《しゅんしょしょう》』が最も広く人々に読まれました。

次に前田家本は、加賀藩前田家に伝えられた本です。この系統の伝本はたった一冊しかありません。また、書写年代が最も古く、鎌倉時代中期にまで遡ります。ちなみに書写年代が古いということは、清少納言が書いた原本に近いということとイコールにはなりませんが、資料的な価値が高いという点で大変貴重な本です。最後に、和泉国《いずみのくに》(現在の大阪府南部)堺《さかい》に住む隠者の本を写したという奥書をもつ堺本を加えて四種の伝本になります。

これら四種の伝本の本文内容には、たとえば『源氏物語』の伝本とは比べようがないほどの差違があり、さらに、どの伝本が『枕草子』の原形を伝えているのかがいまだに確定していません。したがって、『枕草子』本文を清少納言が書いた当時にできるだけ近い形で読むために、私たちはさまざまな伝本を見比べなければならないのですが、それは大変な労力を要します。このような伝本の問題を抱えた『枕草子』が、現在どのように読まれているかを述べるのは後回しにして、次に『枕草子』の作品形態の不安定さの面について説明したいと思います。

北村季吟〔一六二四−一七〇五〕江戸時代前期の俳人、歌人、古典学者。松永貞徳に俳諧・歌学を学び、門下に松尾芭蕉がいる。俳書、歌集のほかに古典の注釈書を多く著した。『枕草子春曙抄』、『源氏物語湖月抄』が著名。

4　三種の章段について

『枕草子』は、物語や日記文学のように時間の流れに沿って内容が展開していく形態の作品ではありません。『枕草子』はたくさんの文章の集合体からなっている作品であり、その一つ一つの文章のかたまりを現代の私たちは「章段」と呼んでいます。しかし、書かれた当時の原本では、おそらく各章段の区切り目は定まっておらず、章段番号も付けられていませんでした。それは、現在伝えられている写本の状態から判断できます。

『枕草子』の本文には、「○○は」「○○もの」という標題を持った文章があり、少なくとも、各標題の前で章段が区切られていたと考えることは可能です。ただし、それ以外の標題のない文章の区切り目はどうもはっきりしないのです。

『枕草子』が約三百段の章段からなるというのは文学史的な知識ですが、伝本を活字にする際に、読みやすいように章段の区切りをつけ、通し番号を打ったのは現代の『枕草子』注釈書の著者たちです。したがって、その区切り目も章段総数も、注釈書によって少しずつ異なっています。試しに図書館で『枕草子』の注釈書を何冊か手にとって、最後の章段の番号を比べてみると、二八〇番台から三三〇番台あたりまで、章段数に五十段ほどもの違いがあったりします。

したがって、『枕草子』のテキストをいくつか読み比べる際には、異なる章段番号が打たれたテキストから、それぞれ目的の章段を探し出さなければならないという手間が生じます。また、『枕草子』の卒業論文を書く学生は、どの伝本を用いたテキストを使うかを最初に提示し、本文引用の際には章段番号とともに各章段の冒頭文も明記しなければなりません。

『枕草子』を研究するには、このような面倒な作業が伴います。そんな作品の本文全体を把握するにはどうしたらよいのか、そのために役立つ研究方法を編み出したのは、伝本研究で功績を残した池田亀鑑氏でした。氏は『枕草子』の伝本研究を進める中で、章段をその内容から類聚段、日記(回想)段、随想(随筆)段の三種類に分類しました。

類聚段は、「〇〇は」「〇〇もの」という標題を持ち、その標題に適合する対象を作者の考えや好みによって集めた章段です。日記段は清少納言が体験した後宮生活を記録した章段で、随想段は類聚《るいじゅう》段と日記段以外のすべての章段を含みます。随想段の内容は雑多で統一されていませんが、作者が発見した自然や人事に関する観察、批評等を記した章段が主になります。これら三種類の章段は、形態は異なりますが、内容的にはいずれも作者が宮仕え生活で体験したり、感じたりしたさまざまな事柄を中心に書き留められています。『枕草子』の全体を統一しているのは、やはり後宮記録という側面なのです。

さて、ここで先にお話しした伝本の問題に戻りますと、形態的に異なる三種の章段がその種類ごとに整理され編集されているのが前田家本と堺本で、三種の章段が作品全体に混在しているのが三巻本と能因本になります。

研究者の間では前者を類纂《るいさん》形態本、後者を雑纂《ざっさん》形態本と呼んでいますが、『枕草子』の原本に近いのは後者の形態だろうとされています。さまざまな文章が入り混じった本文を内容ごとに分類し、配列するのは後世の人の行いそうなことですが、作者以外の人物が、もともと分類配列されていた本文をわざわざシャッフルすることはないと考えられるからです。また、雑纂形態本の章段配列を観察してみると、異なる種類の章段間の文章のつながりに連想的な脈絡の見られる箇所が複数あり、それが作者の作為によると見なされるからです。

では、雑纂形態本のうち、三巻本と能因本とではどちらが原本に近いかというと、まだ決定的な結論は下せない状況にあります。また、類纂形態本のうち、書写年代の最も古い前田家本の本文には、部分的に古い文体が残されている可能性が十分にあります。このように、『枕草子』の伝本問題は複雑ですが、現在、一般的には三巻本の本文を主に用いて、能因本を補足的に使用する読み方がされています。

5 「歴史読み」について

『枕草子』の伝本がさまざまな形態で現代に伝えられていることについてお話ししてきました。そして、その内容をとらえるために章段を三種類に区分する方法をご紹介しました。ただし、『枕草子』の章段を類聚段、随想段、日記段に三分類する方法は、あくまでも後世の研究者の便宜によるもので、原作者の意識の中に三種の区別はなかったと思われます。実際、三種類のどれかに区分するのが難しい章段や、複数の種類の形態が入り混じった章段が少なからず存在しています。『枕草子』は、章段区分もその種類も、本来、非常に流動的な作品であると考えておくのがいいと思います。

そのことを前提として、本書で私が取りあげたのは、『枕草子』の日記的章段です。これは日記段の中に他の種類の文章が含まれるケースをも含めての呼称です。日記的章段は、作者の後宮生活で起こったできごとを扱った部分で、記録的な内容を持っています。しかし、類纂形態の伝本においても、章段は決して時間の流れの順に並べられていません。

章段区分が曖昧な上に時間的な順序を無視した『枕草子』という作品を、私たちはどのように読んでいったらよいのでしょうか。それに対する私の一つの答えが、日記的章段をあえて時間の流れの順に並べて読んでみるという方法でした。

時間の順に並べて読むということは、歴史に沿って作品を読むことにもなります。そうすることによって、日記的章段をばらばらに読んでいたときには気づかなかったたくさんのことが見えてきました。

作者が何を書こうとしたのか、『枕草子』はどんな作品なのかという課題を、この「歴史読み」によって、少しは解くことができたように思います。作者の立場や時代背景など、何も知らずに読むのも読書の一つの方法であり、それでも十分に楽しめるのが優れた文学作品のあかしでもあります。しかし、その作品が書かれた時代を知り、作者の執筆にかけた思いを推し量ることによって、作品に対する見方が深くなれば、古典はもっと多くのことを私たちに語りかけてくれるのです。

第二部

時代背景を見てみよう

I 『枕草子』を読むための年表

頁欄の数字は本文ページ

期	年	月	清少納言の体験	頁	歴史的事項
栄華期	正暦四年［993］	冬	初めて後宮に出仕し、中宮定子と対面する 一七七段「宮にはじめてまゐりたるころ」	24–16	4/22 道隆、関白に就任
	正暦五年［994］		漢詩の秀句を答えて、天皇に認められる 一〇一段「殿上より」	39	
		2月	積善寺供養で中関白家の栄華を見る 二六〇段「関白殿二月二十一日に」	35–32	2/20 関白道隆、積善寺供養
		春	清涼殿で中宮の女房教育を受ける 二一段「清涼殿の丑寅の隅の」	38–35・32–28	
		秋	中宮から料紙を賜り、枕草子を書き始める 跋文「この草子」	181	8/28 伊周、内大臣に昇進
		2月	中宮と対面する原子の姿をのぞき見る 一〇〇段「淑景舎、東宮にまゐりたまふほどの事など」	49	1/19 原子、東宮女御（御匣殿）として入内 2/18 定子と原子、登華殿で対面
		2月末	斉信と「草の庵」の応酬をして評判になる	60–58	3/9 関白が病の間、内大臣伊周に内覧の宣旨

時期	年	月	章段の事項	段番号
政変期	長徳元年［995］		七八段「頭中将のすずろなるそら言を聞きて」	
		6月	中宮女房たちが太政官庁を探索する　一五五段「故殿の御服のころ」	55-53
		7月	藤原斉信と七夕の詩の応酬をする　一五五段「（後半）宰相中将斉信」	70-69・64-62
		9月	法事の夜、斉信の朗詠に感動する　一二九段「故殿の御ために」	56
	長徳二年［996］		笑われ者方弘の噂話　五四段「殿上の名対面こそ」・一〇四段「方弘は」	122-121
		2月	下局での斉信の訪問を避け、梅壺で対面する　七九段「返る年の二月二十余日」	71

長徳元年［995］	4/6	道隆出家、隆家が権中納言に昇進
	4/10	関白道隆薨去（43歳）
	4/27	右大臣道兼、関白就任（35歳）
	5/8	関白道兼薨去（35歳）
	5/11	権大納言道長に内覧の宣旨
	6/11	権大納言道頼薨去（25歳）
	6/19	道長、右大臣に昇進
	7/24	道長と伊周が朝廷で口論
	8/2	隆家の従者が道長の随身殺害
	9/10	定子、職曹司にて道隆の法要を営む
長徳二年［996］	1/16	花山法皇奉射事件
	2/25	定子、内裏から職曹司に退出
	3/4	定子、職曹司から二条宮へ出御
	4/24	伊周・隆家に左遷の宣旨
	5/1	定子落飾
	6/8	二条宮焼亡、定子、高階明順宅へ移御

期	年	月	清少納言の体験	頁	歴史的事項
政変期	長徳二年 [996]	秋	道長方に通じていると噂され、長期里居する 一三七段「殿などのおはしまさで後」 源経房が枕草子の草稿を里居所から持ち出す 跋文「(後半)左中将まだ伊勢守と聞えし時」	89-86・81-75	7/20 道長、左大臣に昇進 8/9 大納言公季の娘義子、女御(弘徽殿)となる
			中宮から紙と畳を贈られる 二五九段「御前にて人々とも(後半)さて後ほど経て」 橘則光が里居所を来訪する 八〇段「里にまかでたるに」	85-82	10/10 伊周が密かに入京し、捕縛される 10月 道隆室高階貴子薨去 12/2 右大臣顕光の娘元子、女御(承香殿)となる 12/16 第一皇女脩子誕生
	長徳三年 [997]				3/25 東三条院の病により大赦 4/5 伊周・隆家、大赦により召還の宣旨 4月 隆家入京
		秋	職曹司周辺を女房たちと探索する 七四段「職の御曹司におはしますころ」 八二段「さてその左衛門の陣などに」	93-91	6/22 定子、職曹司に移御 10/9 定子、母貴子の周忌法要を営む
			行成と逢坂の関の贈答歌を交わす 一三〇段「頭弁の、職にまゐりたまひて」	111-109	12/13 皇女脩子、内親王となる 12月 伊周、入京

不穏期				終焉期
長徳四年［998］			長保元年［999］	
	5月	12月	1月	8月
行成と親密に交流する 四七段「職の御曹司の西面の」	ホトトギスを訪ねて、女房たちと郊外を散策する 九五段「五月の御精進のほど」	中宮御前で作られた雪山で賭けをする 八三段「職の御曹司におはしますころ、西の廂に」	3日に中宮と共に内裏に参内し、7日に退出する 20日に再出仕して雪山の賭けの結果を語る 八三段「職の御曹司におはしますころ、西の廂に」	中宮御産のため平生昌邸に移る 六段「大進生昌が家に」
118–114	107–94	135–127	135–123	142–136
	8/13 源宣方卒去（41歳？）	12/17 脩子内親王着袴	2/9 道長の娘彰子着裳（12歳） 6/14 内裏焼亡により、天皇、太政官庁に遷御 6/16 天皇、一条大宮院（今大裏）に遷御	8/9 定子、職曹司より平生昌邸に出御 11/1 道長の娘彰子、入内（12歳） 11/7 第一皇子敦康誕生 彰子、女御（飛香舎）となる 12/1 太皇太后昌子崩御（55歳）

期	年	月	清少納言の体験	頁	歴史的事項
終焉期	長保二年［1000］	2月	今内裏で、天皇の笛を聞く　二二八段「一条の院をば」	147–145	2/12 定子、今内裏参入 2/18 皇子敦康の百日の儀式 2/25 二后並立（彰子は中宮、定子は皇后に）
		3月	内裏の猫を追った犬が罰せられ、同情する　七段「上に候ふ御猫は」	156–152	3/27 定子、平生昌邸行啓 4/7 彰子、今内裏参入 4/18 皇子敦康、親王となる
		5月	生昌の三条邸で端午の節句を過ごす　二二三段「三条の宮におはしますころ」	160–157	8/8 定子、今内裏参入
			乳母を見送る皇后定子の心境を思いやる　二二四段「御乳母の大輔の命婦、日向へくだるに」	164–161	8/20 故道兼の娘尊子、女御となる 8/27 定子、生昌邸に出御 10/11 天皇、新造内裏に還御
					彰子、内裏参入
					12/15 第二皇女媄子誕生
				165	12/16 皇后定子崩御（24歳）
				173	12/27 皇后定子葬送（六波羅密寺）

Ⅱ 『枕草子』主要登場人物解説

（　）内の数字は本文ページ

天皇家

一条天皇《いちじょう》［九八〇－一〇一一］　第六十六代天皇。円融天皇第一皇子。母は藤原兼家女詮子。五歳で皇太子となり、寛和二［九八六］年、七歳で即位。十一歳で元服して定子を中宮とする。道隆を失い没落していく中関白家と、勢力を増大していく道長との間で苦慮しながらも定子を愛し続けた。学問を好み、穏健な人柄の賢帝だったと伝えられる。在位二十五年。寛弘八年、三十二歳で崩御。定子と仲睦まじく過ごす姿や、笛を披露する様子が描かれている。（7 8 36–40 48 70 72 74 90 112 117 118 129 130 132 134 135 144 146–151 157 159 165 171 173–175 178 183）

村上天皇《むらかみ》［九二六－九六七］　第六十二代天皇。醍醐天皇第十四皇子。母は藤原基経女穏子。天慶九［九四六］年、二十二歳で即位。在位二十一年。康保四年、四十二歳で崩御。その治世は父醍醐と並んで、「延喜・天暦の治」と称えられた。詩歌や音楽を好み、『後撰和歌集』の撰進を下命。女御芳子に対して『古今和歌集』暗唱テストを行った逸話が定子によって語られている。（36–40）

円融天皇《えんゆう》［九五九－九九一］　第六十四代天皇。村上天皇第五皇子。母は藤原師輔女安子。安和二［九六九］年、十一歳で即位。在位十六年。正暦二年、三十三歳で崩御。殿上人たちに突然、和歌の出題をした逸話が定子によって語られている。（35 36）

花山天皇《かざん》［九六八－一〇〇八］　第六十五代天皇。冷泉天皇第一皇子。母は藤原伊尹女懐子。永観二［九八四］年、十七歳で即位。藤原兼家の陰謀により、在位二年目に突然出奔して花山寺で出家。歌才や芸術的才能にたけるが、奇行も多く、様々な話題を振りまく。為光女の邸で伊周と遭遇したことが、長徳二年の変の契機となった。寛弘五年、四十一歳で崩御。（46 57 58 66 67 69）

敦康親王《あつやす》［九九九－一〇一八］　一条天皇第一皇子。母は藤原道隆女定子。長保元年誕生。中関白家に復権をもたらす皇子として期待され、一条天皇も心にかけるが、道長の孫に当たる第二、第三皇子に立太子を越され、寛仁二年に、二十歳で薨去。人望があり、悲運な境遇が世間から惜しまれた。(130 131 144 171 176 178)

脩子《しゅうし》内親王 [九九六－一〇四九]　一条天皇第一皇女。母は藤原定子。長徳二年誕生。長徳の変の後、定子の謹慎生活中に生まれる。母をはじめ親族を次々と失い、万寿元[一〇二四]年、二十九歳で出家して入道一品宮と呼ばれた。中関白家の中では最も長く生きて、永承四年に五十四歳で薨去。(74 141 176 177)

媄子《びし》内親王 [一〇〇〇－一〇〇八]　一条天皇第二皇女。母は藤原定子。長保二年誕生。誕生直後に母定子を亡くし、一時祖母の詮子に養育されるが、寛弘五年に九歳で薨去。(176)

中関白家

藤原道隆《みちたか》 [九五三－九九五]　兼家の嫡男。中関白家当主。父の後を継いで関白となり、娘定子の立后、息子伊周の内大臣就任などを強行して一族を繁栄に導くが、政権掌握から六年目に四十三歳で病没。その直前まで、栄華を謳歌して軽口をたたく道隆の明朗闊達な様子が描かれている。(20 31–36 42 43 46 48–50 52 53 56 57 65–67 72 76 157 166 171)

藤原定子《ていし》 [九七六－一〇〇〇]　道隆一女。一条天皇中宮、のちに皇后。正暦元[九九〇]年一月に十四歳で入内し、同年十月立后。長徳二年の政変で一時落飾するが、間もなく第一皇女、つづいて第一皇子を産む。その後、道長女彰子の立后により、皇后となる。第三子出産直後に二十四歳で崩御し、鳥辺野に土葬される。中関白家の栄華期から没落期に至るまで、明朗で才気煥発、温情豊かな後宮主人としての姿が記し留められている。(8 9 16–21 23 25–29 31–33 35–38 40–45 47 49 50 53 55–59 61–64 67–69 71–79 81–91 93–96 99–101 103–106 108 111 114 116–118 120 122–125 127 129–139 141 142 144–155 157–178 181–185)

藤原伊周《これちか》 [九七四－一〇一〇]　道隆嫡男。父関白の権威によって、二十二歳で内大臣に昇任し、父の病中に内覧の宣旨を得る。しかし、道隆薨去後は叔父の道兼、道長に政権を取られ、長徳二[九九六]年に大宰権帥として左遷される。翌年、許されて帰京し、妹定子の産んだ第一皇子に復権の望みをかけるが、かなわず、失意のうちに三十七歳で薨去。漢詩文の才能があり、美麗な姿で朗詠する様子が描かれている。後に准大臣に任じられ、儀同三司と称された。（20–23 29–31 41–45 48 52 58 65–69 72–74 90 104 106 120 129 141 154 166–168 173 183）

藤原隆家《たかいえ》［九七九–一〇四四］　道隆男。父関白の権威により、十七歳で中納言に昇進。花山院に矢を射かけた事件により、兄伊周と共に罰せられ、出雲権守として左遷される。許されて帰京し中納言に戻るが、中関白家の復権かなわず、眼病の治療を兼ね、自ら望んで大宰権帥として大宰府に赴任。六十六歳で薨去。扇子の骨をめぐる清少納言とのやり取りから、少年時代の負けず嫌いな面がうかがえる。剛健な気質は道長にも愛されたという。（42 45–47 66–69 72 73 90 120 154 173 176）

隆円《りゅうえん》［九八〇–一〇一五］　道隆男。幼くして出家し、十五歳で権少僧都に任ぜられる。その後、大僧都に至り、三十六歳で寂。延暦寺の実因の弟子で、実因の小松寺にちなんで「小松の僧都」とも呼ばれた。（42 45 111）

藤原原子《げんし》［?–一〇〇二］　道隆二女。長徳元［九九五］年に東宮（三条天皇）女御となり寵愛されるが、中関白家没落の中、頓死した（二十二、三歳か）。淑景舎女御と呼ばれる。（49 50）

御匣殿《みくしげどの》［?–一〇〇二］　道隆四女。一条天皇の御匣殿として宮廷に入る。姉定子が亡くなった後、敦康親王の母代わりとなり、一条天皇の寵愛を受けて懐妊するが、出産前に薨去（十七、八歳か）。定子と皇子たちとともに三条宮に暮らしていたことが記されている。（157）

藤原道頼《みちより》［九七一–九九五］　道隆男。伊周、定子の異母兄。祖父兼家の養子となって、参議・権大納言に昇進したが、流行病に罹患して二十五歳で薨去。山の井の大納言と呼ばれた。清少納言は、道頼の容姿と人柄のよさを称賛している。（42 66）

高階貴子《きし》［?–九九六］　道隆室。高階成忠女。定子、伊周、隆家、隆円、原子、御匣殿等の生母。才女として名高く、掌侍《ないしのじょう》として円融天皇に仕えていたので、高内侍《こうのないし》と称された。道隆に愛されて多くの子を生し、定子が立后すると三位を得て、高三位とも呼ばれる。しかし、夫の死後、一転して一族没落の悲運に見舞われ、失意の中に病没。（32 43 44 49 50 74 171 183 184）

藤原摂関家

藤原兼家《かねいえ》［九二九―九九〇］　師輔三男。道隆、道長等の父。娘詮子を円融天皇女御にして一条天皇をもうけ、娘超子を冷泉天皇女御にして三条天皇をもうける。寛和二［九八六］年、一条天皇即位と共に摂政となり、ついで関白職も得る。永祚元［九八九］年、摂政太政大臣に至るが、翌年、病により出家し、六十二歳で薨去。（32 42 48）

藤原道兼《みちかね》［九六一―九九五］　兼家三男。道隆の弟で、道長の兄。道隆薨去後に念願の関白となるも、間もなく流行病により薨去し（三十五歳）、七日関白と呼ばれた。（48 49 65 66）

藤原道長《みちなが》［九六六―一〇二七］　兼家の五男で、道隆、道兼らの弟。関白になった二人の兄が死去した後、甥伊周との政権争いに勝ち、内覧の宣旨を被る。その後、娘彰子を一条天皇中宮に立て、二后並立を強行。彰子に皇子が誕生し、後一条天皇として即位するに及び、外祖父の立場で摂政に就任し、翌年太政大臣となった。以後も、娘たちを次々に后にして摂関政治体制の頂点に立った。六十二歳で薨去。清少納言は関白道隆に敬意を表してひざまずいた若き日の道長の姿を描いている。（8 9 42 46 47 57 61 66 67 69 73 78 79 112 113 117 130 131 136 137 141 147–149 159 166 171 176）

藤原詮子《せんし》［九六二―一〇〇一］　兼家二女。十七歳で円融天皇女御になり、一条天皇を産む。関白頼忠の娘遵子の立后で中宮になれなかったが、後に皇太后となる。正暦二［九九一］年に落飾した際、史上初めて女院号を賜り、東三条女院と称される。四十歳で薨去。（67 90 149 166）

藤原彰子《しょうし》［九八八―一〇七四］　道長一女。一条天皇中宮。後一条、後朱雀天皇の母。一二歳で一条天皇女御となり、長保二［一〇〇〇］年、立后。中宮定子を皇后に替えて二后並立が強行された。定子崩御の後、第二、第三皇子を出産して二人の天皇の国母となり、父道長の栄華の礎を築いた。万寿三［一〇二六］年に三十九歳で出家して上東門院の院号を賜り、長命を保って八十七歳で崩御。（8 9 117 130 131 144 146 159 175 176）

藤原氏

藤原斉信《ただのぶ》［九六七－一〇三五］　藤原為光の二男。三十歳で参議となり、大納言に至る。按察使《あぜち》、民部卿も兼ねた。才学に秀でており、俊賢、公任、行成と共に一条朝の四納言と称された。出世欲が強く、花山院女御となった妹忯子《しし》の逝去後、中関白家に出入りしていたが、長徳の変後は道長の配下で働く。清少納言との交流が語られるのは長徳元年の頭中将時代で、美麗な容姿と見事な朗詠が称賛されているが、その裏側には政治上の微妙な駆け引きが推察される。（56－64 68－71 98 108 113）

藤原行成《ゆきなり》［九七二－一〇二七］　藤原義孝の男。祖父伊尹の養子になるが、伊尹は間もなく薨去。不遇の地位にあったが、源俊賢の推挙により、二十四歳で蔵人頭となる。一条朝の四納言の一人。その後、右大弁を経て、三十歳で参議となり、権大納言に至る。能書家で、世尊寺流の始祖。侍従の大納言と称される。実直で有能な官僚で、一条天皇や道長の信頼を得た。日記『権記』が残る。長徳三年以降、頭弁として職曹司に出入りして、清少納言と親交を結んでいる。（106 108－118 165）

藤原公任《きんとう》［九六六－一〇四一］　藤原頼忠の一男。二十七歳で参議となり、権大納言に至る。一条朝四納言の一人。詩歌管弦の諸芸および有職故実に通じた当代随一の文化人。万寿三［一〇二六］年に出家し、七十六歳で薨去。清少納言は公任の連歌の句を借りて斉信に応酬している。（6 60）

藤原実資《さねすけ》［九五七－一〇四六］　藤原斉敏の三男。祖父実頼の養子となり、小野宮家を継ぐ。村上朝から後冷泉朝まで九人の天皇に仕え、従一位右大臣に昇進。長寿を全うし、九〇歳で薨去。有職故実に詳しく、道長に迎合しなかった。日記『小右記』が残る。（137）

藤原義懐《よしちか》［九五七－一〇〇八］　藤原伊尹の五男。兄達が夭折したため嫡流となり、二十九歳で権中納言に昇進、花山天皇の政治を補佐した。しかし翌年、花山天皇に従って出家。比叡山にこもって修行し、五十二歳で薨去。出家の直前に催された小白河の法華八講で、清少納言に声をかけ、交流している。

藤原実方《さねかた》［?－九九八］　藤原定時の男。母は源雅信女。父母が早世し、叔父済時の養子となる。中古三十六歌仙の一人。長徳元［九九五］年に陸奥守となり、任地で没した（三十七歳頃?）。贈答歌や連歌を多く詠み、舞にも秀でた風流人だった。清少納言との贈答歌もあり、両者の親密な関係が推測されるが、詳細は不明。

藤原公信《きんのぶ》［九七七－一〇二六］　藤原為光の男。斉信の十歳年下の異母弟。三十七歳で参議となり、権中納言に至る。敦良親王の東宮権大夫となるが、親王が後朱雀天皇として即位する前に五十歳で没した。侍従だった二十歳頃は、清少納言の格好のからかい相手であった。（46 97－100）

源氏

源俊賢《としかた》［九五九－一〇二七］　醍醐天皇の孫で、源高明男。妹は道長室明子。道長の有力な支持者として働き、権大納言に至る。一条朝の四納言と称された中の最年長で、藤原行成の才能を認めて蔵人頭に推した。六十八歳で薨去。（20 112）

源経房《つねふさ》［九六九－一〇二三］　源高明の四男。母が師輔五女で、従弟にあたる道長の猶子になった。寛弘二［一〇〇五］年に参議となり、権中納言に昇進した後、大宰権帥として赴任し、現地で五十五歳で薨去した。清少納言とも親交があり、里居中の彼女の許を訪れて『枕草子』の草稿本を持ち去ったことが跋文《ばつぶん》に書かれている。（78－81 88 89）

源成信《なりのぶ》［九七九－?］　致平親王一男。母は源雅信女で、藤原道長室倫子と姉妹であったことから、道長の養子となる。右近衛権中将だった長保三［一〇〇一］年二月三日に、藤原重家とともに三井寺に赴き、二十三歳で出家する。清少納言は、容貌が大変美しく気だても素晴らしい人物だと記している。（166）

源宣方《のぶかた》［?－九九八］　源重信の男。母は源高明女。右近衛中将だった長徳四年に卒去した。藤原斉信と共に登場して、彼を引き立て、彼と清少納言の仲介役として登場する。（62）

源方弘《まさひろ》［九七五－一〇一五］　左馬権頭時明男。文章生出身。

六位蔵人、修理亮、式部丞、阿波守等を歴任した中流貴族。藤原道長家の事務官としても働いた。蔵人時代の方弘の様々な失態が記されている。（120–122）

その他

平《たいらの》 生昌《なりまさ》［生没年未詳］ 文章生出身。但馬守、中宮大進、備中守、播磨守等を歴任した中流貴族。左遷された藤原伊周の入京を道長に密告したが、定子が敦康親王、媄子内親王を出産する際、中宮大進として自邸を提供した。清少納言から散々さげすまれているが、彼の邸は三条宮として定子が最後に過ごした場所となった。（136–142 144 148 157）

橘《たちばなの》 則光《のりみつ》［生没年未詳］ 清少納言の夫の一人。天元五年［九八二］年に一男則長をもうけており、最初の夫と見られる。母は花山院の乳母。蔵人、修理亮、左衛門尉、陸奥守等を歴任。また、藤原斉信に仕えた。説話類には彼の武勇伝が複数残る。清少納言とは、夫婦関係が解消しても兄妹のような関係を保ち宮中で公認されていた。一方、文芸的な方面では機転のきかない人物として描かれ、清少納言との絶縁に至るいきさつが語られている。

清原元輔《きよはらのもとすけ》［九〇八–九九〇］ 清少納言の父。河内権少掾、周防守を経て、従五位上肥後守に至る。三十六歌仙の一人。『後撰和歌集』撰者の一人として、撰和歌所となった宮中の梨壺に召された。また、小野宮（実頼）家、九条（師輔）家等の藤原摂関家のために多くの賀歌や屏風歌を詠んだ。当意即妙な歌を詠む、専門歌人。『拾遺和歌集』以下の勅撰集に選ばれた歌は一〇〇首以上に及ぶ。肥後守赴任中に八十三歳で卒去。『今昔物語集』には、人を笑わせることを役目としていたという彼の明朗な性格が描かれている。清少納言は元輔の娘として宮中に上がり、父の名声を意識して容易に歌を詠まなかったという。（17 41 102 104 105 177 184）

宰相《さいしょう》の君《きみ》［生没年未詳］ 定子後宮の上位の女房。右大臣藤原顕忠の孫で、右馬頭《うまのかみ》藤原重輔《しげすけ》の娘。清少納言と並ぶ才女で、定子にも信頼されていた様子がうかがえる。清少納言とも親しく交流していた。（81 100 101 176）

Ⅲ　その他の参考資料

1　紫式部の清少納言評

『紫式部日記』より

清少納言こそ、したり顔にいみじうはべりける人。さばかりさかしだち、真名《まな》書きちらしてはべるほども、よく見れば、まだいとたらぬこと多かり。かく、人にことならむと思ひこのめる人は、かならず見劣りし、行末《ゆくすゑ》うたてのみはべれば、艶《えん》になりぬる人は、いとすごうすずろなるをりも、もののあはれにすすみ、をかしきことも見すぐさぬほどに、おのづからさるまじくあだなるさまにもなるにはべるべし。そのあだになりぬる人のはて、いかでかはよくはべらむ。

清少納言といえば、得意そうな顔をして我慢のならない人です。あれほど偉そうに漢字をおおっぴらに書いていますけど、よく見れば、まだまだ不十分な点がたくさんあります。このように、「人より優りたい」とばかり思っている人は、必ず見劣りし、先々悪くなっていく一方です。風雅に振る舞い慣れた人は、ひどくもの寂しくつまらない折でも情趣を求めようとして、どんな風情も見逃さないようにしているうちに、いつの間にか、あってはならない不誠実な有様になってしまうでしょう。その浅はかになってしまった人の最後は、どうしてよいことがありましょうか。

2 『枕草子』に登場する藤原宣孝

『枕草子』一一五段より

右衛門佐《ゑもんのすけ》宣孝《のぶたか》といひたる人は、「あぢきなき事なり。ただ清き衣《きぬ》を着て詣でむに、なでふ事かあらむ。かならずよも『あやしうて詣でよ』と御嶽《みたけ》さらにのたまはじ」とて、三月つごもりに、紫のいと濃《こ》き指貫《さしぬき》、白き襖《あを》、山《やま》吹《ぶき》のいみじうおどろおどろしきなど着て、隆光《たかみつ》が主殿亮《とのものすけ》なるには、青色の襖《あを》、紅《くれなゐ》の衣《きぬ》、摺《す》りもどろかしたる水干《すいかん》といふ袴《はかま》を着せて、うちつづき詣でたりけるを、帰る人も今詣づるも、めづらしうあやしき事に、「すべて昔よりこの山にかかる姿の人見えざりつ」と、あさましがりしを、四月ついたちに帰りて、六月十日のほどに、筑前守《ちくぜんのかみ》の辞《じ》せしになりたりしこそ、「げに言ひけるにたがはずも」と聞えしか。これはあはれなる事にはあらねど、御嶽《みたけ》のついでなり。

右衛門佐宣孝といいました人は、「おもしろくないことだ。美しい衣服を着て参詣しようとするだけで、何の差し障りがあるだろうか。『みすぼらしい姿で参詣せよ』と御嶽の蔵王権現は決しておっしゃるまい」ということで、三月末に、とても濃い紫色の指貫に、白い狩襖（狩衣のこと。両脇が開いているので、下の衣がよく見える）、その下に山吹色のいかにも派手な衣を着け、主殿亮だった息子の隆光には、青色の狩襖の下に紅色の袿《うちき》、斑《まだら》模様を摺り染《ぞめ》にした水干という袴を着せて、連れ立って参詣しましたのを、参詣から帰る人も、これから詣でる人も、珍しく妙な事だと思って、「まったくもって昔からこの山にこのような姿の人は見た事がない」と、あきれ返っていたのですが、四月初めに参詣から帰って、六月十日のころに、筑前守が辞職した代わりに任官しましたとは、「なるほど、彼の言葉はその通りだった」とうわさされたとか。これは「あわれなること」ではないけれど、御嶽の話が出たついでに書きました。

3　清少納言の宮仕え称賛論

『枕草子』二二段

> 生《お》ひさきなく、まめやかに、えせざいはひなど見てゐたらむ人は、いぶせくあなづらはしく思ひやられて、なほ、さりぬべからむ人のむすめなどは、さしまじらはせ、世のありさまも見せならはさまほしう、内侍《ないし》のすけなどにてしばしもあらせばやとこそおぼゆれ。
>
> 宮仕《みやづか》へする人を、あはあはしうわるき事に言ひ思ひたる男《をとこ》などこそ、いとにくけれ。げに、そもまたさる事ぞかし。かけまくもかしこき御前《おまへ》をはじめたてまつりて、上達部《かんだちめ》、殿上人《てんじやうびと》、五位、四位はさらにもいはず、見ぬ人はすくなくこそあらめ。女房の従者《ずさ》、その里より来《く》る者、長女《をさめ》、御厠人《みかはやうど》の従者、たびしかはらといふまで、いつかはそれを恥ぢ隠れたりし。殿ばらなどは、いとさしもやあらざらむ。それも、ある限りはしか、さぞあらむ。
>
> 上《うへ》などいひて、かしづきすゑたらむに、心にくからずおぼえむ、ことわりなれど、また内《うち》の内侍のすけなどいひて、をりをり内へまゐり祭の使《つかひ》などに出《い》でたるも、面立《おもだ》たしからずやはある。
>
> さて籠《こも》りゐぬるは、まいてめでたし。受領《ずりやう》の五節《ごせち》出だすをりなど、いとひなび、いひ知らぬ事など人に問ひ聞きなどはせじかし。心にくきものなり。

将来のあてもないのに真面目に偽物の幸せ（世間一般の結婚生活の幸せ）を信じている女って、いったい何を考えているの、ばかみたいと私には思われます。宮仕えに出られるくらいの身分の家の娘であれば、一度は宮廷社会に出して世間のいろいろなものを見聞きさせ、しばらくの間でも一流の女官として働かせたいものです。

宮仕えする女は軽薄で悪い、と言ったり思ったりしている男こそ、本当に癪《しゃく》にさわります。でも、なるほどそれもまた理由のある事でしょうか。恐れ多い天皇様をはじめとして、上達部、殿上人、五位、四位は言うまでもなく、男性貴族たちで宮仕え女房が直接顔を合わせない人は少ないでしょう。女房の従者、女房の実家から来る者、雑用係の女官、便所掃除係の女の従者、その他の人数にも入らないような下賤《げせん》の者まで、彼らに対して恥ずかしがって身を隠すことがありましょうか。殿方などは、宮仕え女房に比べたら、対面する相手も少ないと思います。いやそれも宮仕えという立場である限り、同じことでしょう。

結婚して、奥様などといって大切に扱おうとする際、宮仕え女房が奥ゆかしくないと思われるのは当然ですが、また、宮中の女官長として、何かの折にはいつも内裏に参上し、賀茂祭の使者として参列するのも、夫としてそんな妻を自慢に思うに違いありません。

宮仕えを辞めて家庭に籠ってしまうのは、ましてすばらしいことです。受領が五節の舞姫を献上する折など、宮中のしきたりを周知している妻がいれば、何もわからない田舎者のように、つまらない事を人に尋ね聞くような真似はしないでしょう。それこそ奥ゆかしいということなのです。

4　『栄花物語』に描かれる中関白家

①伊周・隆家の配流　『栄花物語』巻第五「浦々の別《わかれ》」より

宮の御前《おまへ》、母北の方、帥殿《そちどの》、一つに手をとり交《かは》して惑はせたまふ。はかなくて夜も明けぬれば、今日こそはかぎりと、誰々《たれたれ》も思《おぼ》すに、たちのかんとも思さず、御声も惜しませたまはず。「いかにいかに、時なりぬ」とせめののしるに、宮の御前、母北の方、つととらへて、さらにゆるしたてまつらせたまはず。かかるよしを奏せさすれば、「几帳《きちやう》ごしに宮の御前を引きはなちたてまつれ」と、宣旨《せんじ》頻《しき》れど、検非違使《けびゐし》どもも人なれば、おはします屋にはえもいはぬ者ども上《のぼ》りたちて、塗籠《ぬりごめ》をわりののしるだにいみじきを、またいかでか宮の御前の御手を引きはなつことはあらむと、いと恐ろしく思ひまはして、「身のいたづらにまかりなりて後は、いと便《びん》なかるべし。疾《と》く疾く」とせめ申せば、ずちなくて出でさせたまふに、松君《まつぎみ》いみじう慕《した》ひきこえたまへば、かしこくかまへて率《ゐ》てかくしたてまつりて、御車に柑子《かむじ》、橘《たちばな》、かきほをゐる御御器《ごき》一つばかり御餌袋《ゑぶくろ》に入れて、中納言は筵張《むしろばり》の車に乗りたまふ。宮のおはしますをいとかたじけなく思《おぼ》せど、宮の御前、母北の方も続きたちたまへれば、近う御車寄《よ》せて乗らせたまふに、母北の方やがて御腰を抱《いだ》きて続きて乗らせたまへば、「母北の方、帥《そち》の袖《そで》をつととらへて乗らむとはべる」と奏せさすれば、「いと便《びん》なきことなり。引きはなちて」とあれど、離れたまふべきかた見えず。ただ山崎《やまざき》まで行かむ行かむと、ただ乗りに乗りたまへば、いかがはせん、ずちなくて御車《くるま》引き出《いだ》しつ。長徳二年四月二十四日なりけり。

中宮様（定子）、母北の方（貴子）、帥殿（伊周）は手を一つに取り合って、取り乱していらっしゃいます。あっという間に夜も明けてしまいましたので、今日がいよいよ最後の別れだと、誰もがお思いになりますが、帥殿は出立する気持ちになれず、ただただ大声でお泣きになるばかりです。「どうした、どうした、出発の時刻になったぞ」と、検非違使たちが責めたてますが、中宮様と母北の方が帥殿の身体をしっかりつかまえて、絶対に行かせようとなさいません。それを天皇に申しあげると、「几帳で隔てて、中宮をお引き離し申せ」との命令が再三下ります。しかし、検非違使たちも人間なので、中宮がいらっしゃる建物にとんでもない身分の卑しい者どもが上がり込み、塗籠の壁を割って騒ぎ立てることさえ耐え難いのに、その上どうして中宮の御手を引き離すことができようかと本当に恐ろしく、あれこれ思いあぐねて、「命令に背いてこの身が咎《とが》を受けてしまってはどうにも困ります。早く、早く」と責め申しあげます。仕方なく、帥殿が邸の外にお出ましになる際、松君（道雅《みちまさ》）がひどく後追い申すので、中納言（隆家）はうまくなだめて父親の見えない場所へ連れて行き、御車に柑子、橘等を入れる容器一つだけを携帯用袋に入れて、筵で覆われた粗末な牛車にお乗りになります。中宮がいらっしゃるのを帥殿は大変恐れ多く思われますが、中宮も母北の方も続いてお立ち上がりになり、建物の近くに御車を寄せて帥殿がお乗りになると、母北の方もそのまま帥殿の腰を抱いて続いてご乗車なさるので、「母北の方が帥の袖をしっかりつかまえて一緒に乗ろうとなさる」と天皇に申しあげると、「それはまったく具合が悪い。引き離しなさい」と命令がありますが、お離れになる様子はみえません。せめて山崎までついて行きたいと、母北の方がどんどん乗り込まれるので、どうしたらよいのか、どうしようもなくて御車を引き出しました。長徳二年四月二十四日のことでした。

②定子の落飾　『栄花物語』巻第五「浦々の別」より

帥殿《そちどの》は筑紫《つくし》の方《かた》なれば、未申《ひつじさる》の方におはします。中納言は出雲《いづも》の方なれば、丹波《たんば》の方の道よりとて、戌亥《いぬゐ》ざまにおはする、御車ども引き出づるままに、宮は御鋏《はさみ》して御手づから尼にならせたまひぬ。内《うち》には、「この人々まかりぬ。宮は尼にならせたまひぬ」と奏すれば、あはれ、宮はただにもおはしまさざらむに、ものをかく思はせたてまつること、思しつづけて、涙こぼれさせたまへば、忍びさせたまふ。昔の長恨歌《ちやうごんか》の物語もかやうなることにやと、悲しう思しめさるることかぎりなし。この殿《との》ばらのおはするを世の人々の見るさま、少々の物見《ものみ》には勝《まさ》りたり。見る人《ひと》涙を流したり。あはれに悲しきことは、よろしきことなりけり。

帥殿の配流地は筑紫の方なので、西南の方角に向かわれます。中納言は出雲の方なので、丹波に向かう道からということで、北西の方角へ向かわれます。二人の御車を引き出すと同時に、中宮は御鋏を取って自らの手で尼におなりになりました。天皇には、「配流すべき人々は出立しました。中宮は尼になられました」と奏上しますと、「ああ、なんとかわいそうなこと、宮はご懐妊中の身でもいらっしゃるのに、こんなに辛い思いをおさせ申したこと」と思い続けられ、思わず涙がこぼれて、それをお隠しになります。昔の長恨歌の物語（玄宗《げんそう》皇帝と楊《よう》貴妃の悲恋）もこのような状況であろうかと、限りなく悲しくお思いになります。この殿たちが配流地に向かうのを世間の人々が見物する様子は、少々の物見以上です。

見物人は涙を流しています。あわれで悲しいなどというありきたりの言葉ではとても言い表せません。

③定子崩御　『栄花物語』巻第七「とりべ野」より

御物の怪《もののけ》などいとかしがましういふほどに、長保二年十二月十五日の夜になりぬ。内《うち》にも聞《きこ》しめしてければ、いかにいかにとある御使《つかひ》しきりなり。かかるほどに御子生《む》まれたまへり。女におはしますを口惜《くちを》しけれど、さはれ平らかにおはしますを勝《まさ》ることなく思ひて、今は後《のち》の御事になりぬ。額《ぬか》をつき、騒ぎ、よろづに御誦経《ずきやう》とり出でさせたまふに、御湯《ゆ》などまゐらするにきこしめし入るるやうにもあらねば、皆人《みなひと》あわてまどふをかしこきことにするほどに、いと久しうなりぬれば、なほいといとおぼつかなし。「御殿油《おほむとなぶら》近う持《も》て来《こ》」とて、帥殿《そちどの》御顔を見たてまつりたまふに、むげになき御気色《けしき》なり。あさましくてかい探《さぐ》りたてまつりたまへば、やがて冷《ひ》えさせたまひにけり。

あないみじと惑ふほどに、僧たちさまよひ、なほ御誦経しきりにて、内《うち》にも外《と》にもいとど額《ぬか》をつきののしれど、何《なに》のかひもなくてやませたまひぬれば、帥殿は抱《いだ》きたてまつらせたまひて、声も惜しまず泣きたまふ。さるべきなれど、さのみ言ひてやはとて、若宮をば抱きはなちきこえさせて、かき臥《ふ》せたてまつりつ。「日ごろ物《もの》をいと心細しと思ほしめしたりつる御気色《けしき》もいかにと見たてまつりつれど、いとかくまでは思ひきこえさせざりつる。命長《いのちなが》きは憂《う》きことにこそありけれ」とて、「いかで御供《とも》に参りなん」とのみ、中納言殿も帥殿も泣きたまふ。姫宮、若宮など、みな異方《ことかた》に渡したてまつるにつけても、ゆゆしう心《こころ》憂《う》し。この殿《との》ばらの御をりに宮の内の人の涙は尽き果てにしかど、残り多かるものなりけりと見えたり。

内《うち》にも聞しめして、あはれ、いかにものを思《おぼ》しつらむ、げにあるべくもあらず思ほしたりし御有様《ありさま》をと、あはれに悲しう思しめさる。宮たちいと幼きさまにて、いかにと、尽きせず思し嘆かせたまふ。

御物の怪などが現れ大騒ぎしている間に、長保二年十二月十五日の夜になりました。天皇もいよいよ今夜が出産だとお聞きになっていたので、どんな様子だ、どんな様子だと、何度も使者を遣わします。そうしているうちに御子がお生まれになりました。女でいらっしゃったのは残念ですが、ともあれ、無事にご誕生したことを何よりと思い、次は後産の事になりました。額づいて大声で祈り、あれこれと御誦経の料を取り出して、それを寺へお遣わしになりますが、定子に薬湯などを差しあげても、お飲みになる様子もないので、人は皆あわてふためき、ただうろうろしている間に時間がずいぶんたってしまって、なんといっても本当に気がかりです。「灯りを近くに持って来い」と言って、帥殿が定子のお顔を見申しあげると、もうまったく息のないご様子です。これは大変だと驚いて、お身体を手でさぐり申しあげると、すでに冷たくおなりになっていました。

ああとんでもないことだ、と帥殿が困惑している間に僧たちはうろうろ歩き回り、さらに御誦経を唱え続け、部屋の中でも外でも、しきりに額をつけて大声で祈りたてますが、何の甲斐もなく終わってしまいましたので、帥殿は定子のなきがらをお抱き申しあげ、声も惜しまずお泣きになります。それも当然のことですが、嘆いてばかりはいられないということで、生まれた若宮を抱いて別の場所へお寝かせ申しあげました。「ここ数日はとても心細いとお思いになっていた宮のご様子を、どうされたのかと拝見していたが、まったくこのようなことになるとはお思い申しあげなかった。命が長いことは本当につらいことだった」と言って、「どうかして死出の旅路にご一緒に参りたい」とばかり、中納言も帥殿もお泣きになります。姫宮（脩子）、若宮（敦康）などを違う部屋にお移し申しあげるにつけても、不吉で嘆かわしく思います。この殿たちの配流の時に、この宮殿内の人の涙は尽き果てたかと思ったのですが、まだまだ多く残っていたと見えました。

天皇もお聞きになり、ああかわいそうなこと、どんなに辛い思いをなさっただろう。本当に、もう生きられそうもないように思われていたご様子でしたのにと、いたわしく悲しくお思いになります。宮たちはまだとても幼くて、どうしているだろうと、尽きることなく思い嘆いていらっしゃるのです。

5 『枕草子』関連系図

◉ 藤原氏関係系図

太字は『枕草子』に見える人物。：以下は、『枕草子』中での主な呼称。

- 伊尹《これまさ》
  - 義孝《よしたか》
    - **行成**《ゆきなり》：頭弁
  - **義懐**《よしちか》：権中納言
  - 懐子《かいし》（冷泉天皇女御）
- 兼通《かねみち》
  - 顕光《あきみつ》
    - 元子《げんし》（承香殿女御）
  - 朝光《あさてる》
  - **正光**《まさみつ》：大蔵卿
- **道隆**《みちたか》：関白殿
  - **道頼**《みちより》：山の井の大納言
  - **伊周**《これちか》：大納言殿・内大臣殿
    - **道雅**《みちまさ》：松君
  - **隆家**《たかいえ》：三位の中将・中納言殿
  - **隆　円**《りゅうえん》：僧都の君
  - **頼親**《よりちか》：内蔵頭
  - **周頼**《ちかより》：周頼の少将
  - **定子**《ていし》（一条天皇皇后）：宮・御前
  - **原子**《げんし》（三条天皇尚侍〔東宮妃〕）：淑景舎
  - **三女**（冷泉皇子敦道親王妃）：三の御前
- 道綱《みちつな》

師輔《もろすけ》
- 兼家《かねいえ》
  - 道兼《みちかね》
    - 尊子《そんし》（一条天皇女御）
  - **道長《みちなが》**：大夫殿：左の大殿
    - 頼通《よりみち》
    - 教通《のりみち》
    - 彰子《しょうし》（一条天皇中宮）
    - 妍子《けんし》（三条天皇中宮）
    - 威子《いし》（後一条天皇中宮）
  - 超子《ちょうし》（冷泉天皇女御）
  - **詮子《せんし》**（円融天皇女御・一条天皇母）：女院
- 為光《ためみつ》
  - 誠信《さねのぶ》
  - **斉信《ただのぶ》**：頭中将・宰相中将
  - **公信《きんのぶ》**：藤侍従
  - 忯子《しし》（花山天皇女御）
- **公季《きんすえ》**：閑院の左大将
  - 実成《さねなり》
  - **義子《ぎし》**（弘徽殿女御）：弘徽殿
- **安子《あんし》**（村上天皇皇后）：中后の宮

四女（御匣殿別当）：御匣殿

◉天皇家・源氏関係系図

太字は『枕草子』に見える人物。：以下は、『枕草子』中での主な呼称。

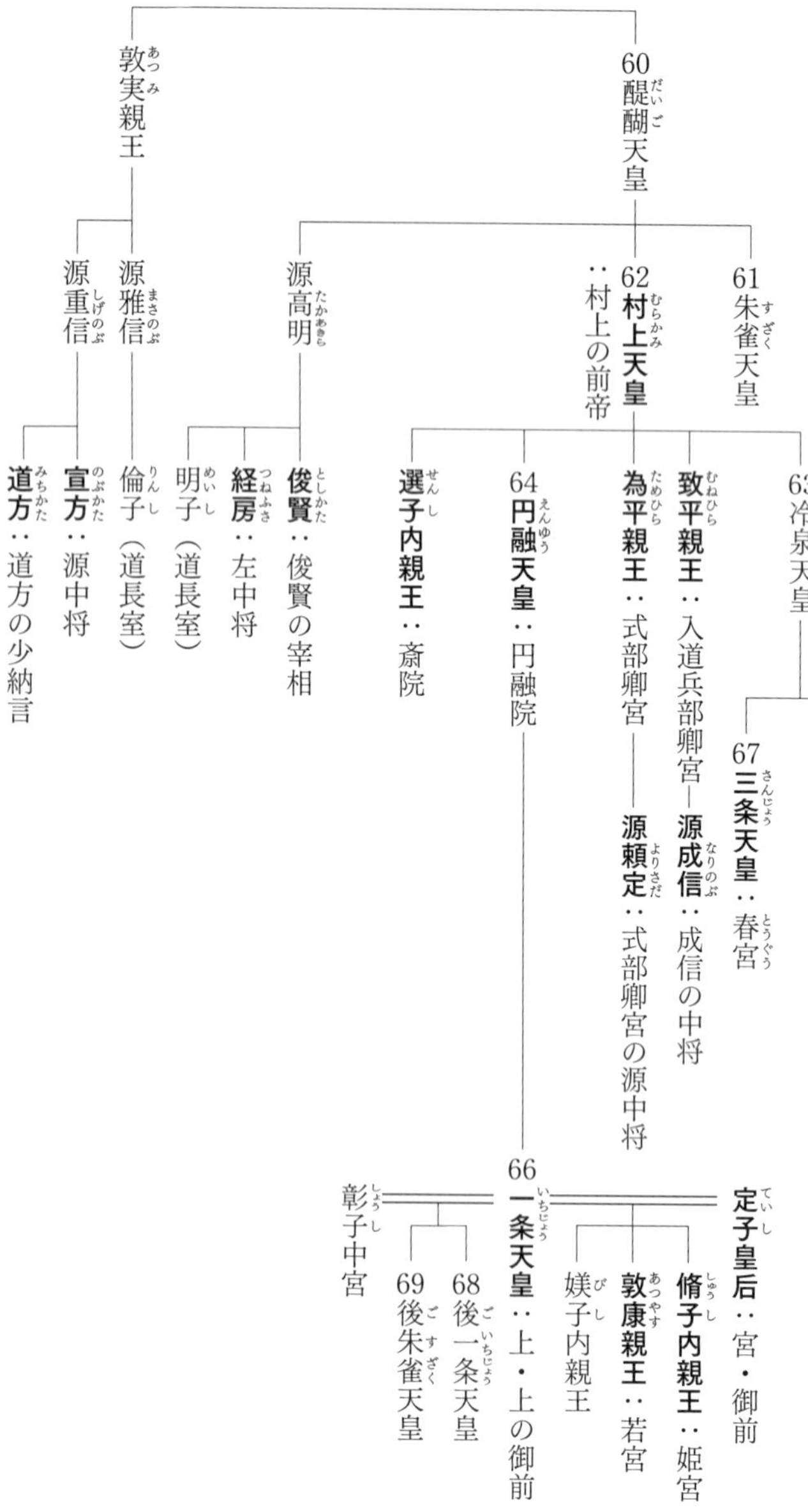

6　清涼殿図・内裏図・大内裏図・平安京条坊図

◉清涼殿図

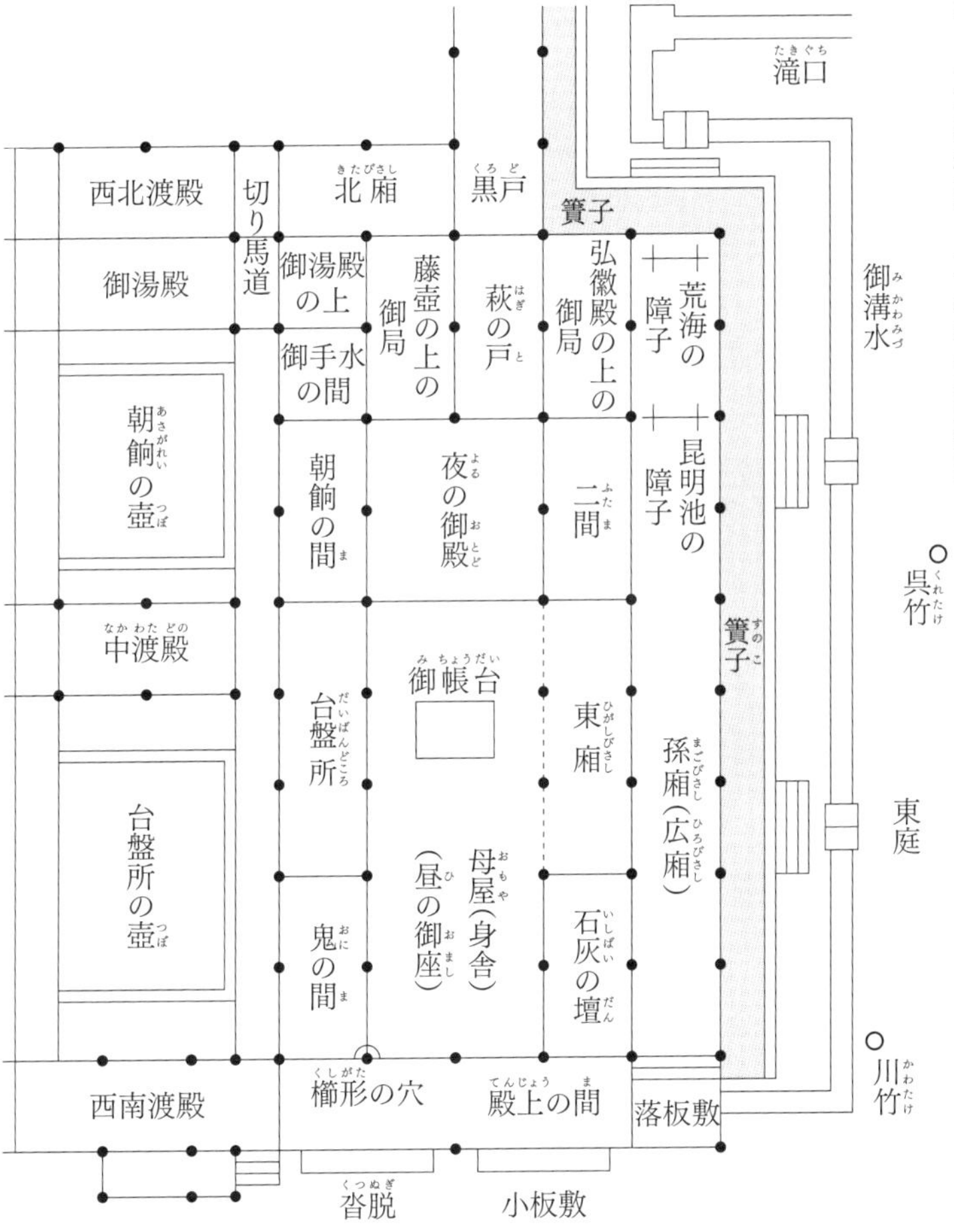

◉内裏図

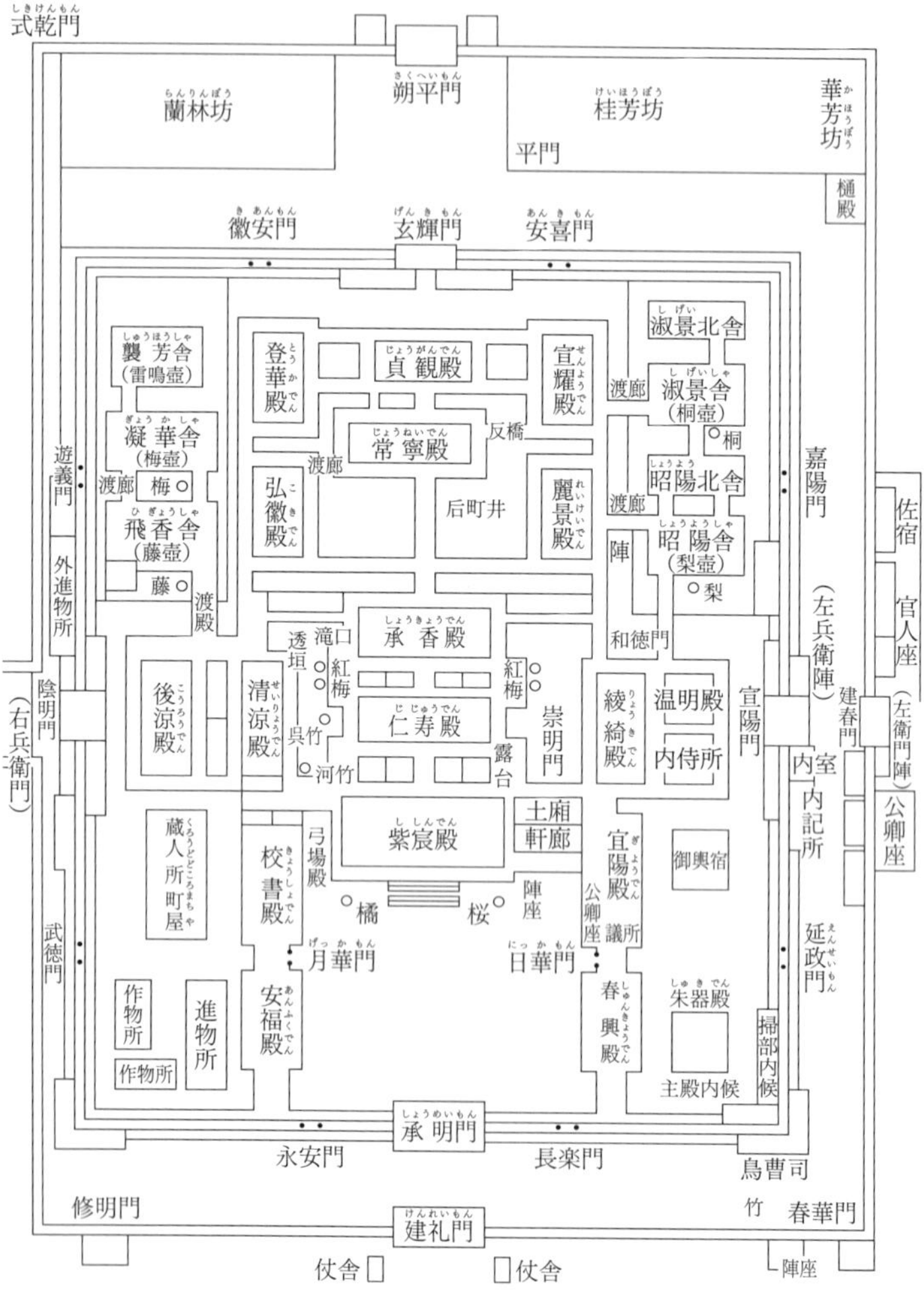

式乾門《しきけんもん》
朔平門《さくへいもん》
蘭林坊《らんりんぼう》
桂芳坊《けいほうぼう》
華芳坊《かほうぼう》
平門
樋殿
徽安門《きあんもん》
玄輝門《げんきもん》
安喜門《あんきもん》
襲芳舎《しゅうほうしゃ》
(雷鳴壺)
登華殿《とうかでん》
貞観殿《じょうがんでん》
宣耀殿《せんようでん》
淑景北舎《しげい》
渡廊
淑景舎《しげいしゃ》
(桐壺)
桐
凝華舎《ぎょうかしゃ》
(梅壺)
常寧殿《じょうねいでん》
反橋
渡廊
梅
遊義門
渡廊
弘徽殿《こきでん》
后町井
麗景殿《れいけいでん》
昭陽北舎《しょうよう》
渡廊
嘉陽門
飛香舎《ひぎょうしゃ》
(藤壺)
昭陽舎《しょうようしゃ》
(梨壺)
陣
佐宿
外進物所
藤
梨
渡殿
(左兵衛陣)
官人座
承香殿《しょうきょうでん》
滝口
透垣
和徳門
紅梅
紅梅
後涼殿《こうろうでん》
清涼殿《せいりょうでん》
綾綺殿《りょうきでん》
温明殿
宣陽門
建春門
(左衛門陣)
陰明門
(右兵衛門)
仁寿殿《じじゅうでん》
崇明門
呉竹
内侍所
露台
河竹
内室
土廂
公卿座
紫宸殿《ししんでん》
軒廊
内記所
蔵人所町屋《くろうどどころまちや》
弓場殿
校書殿《きょうしょでん》
宜陽殿《ぎようでん》
御輿宿
橘
桜
陣座
公卿座
議所
武徳門
月華門《げっかもん》
日華門《にっかもん》
延政門《えんせいもん》
作物所
進物所
安福殿《あんふくでん》
春興殿《しゅんきょうでん》
朱器殿《しゅきでん》
作物所
掃部内候
主殿内候
承明門《しょうめいもん》
永安門
長楽門
鳥曹司
修明門
竹
春華門
建礼門《けんれいもん》
仗舎
仗舎
陣座

◉大内裏図

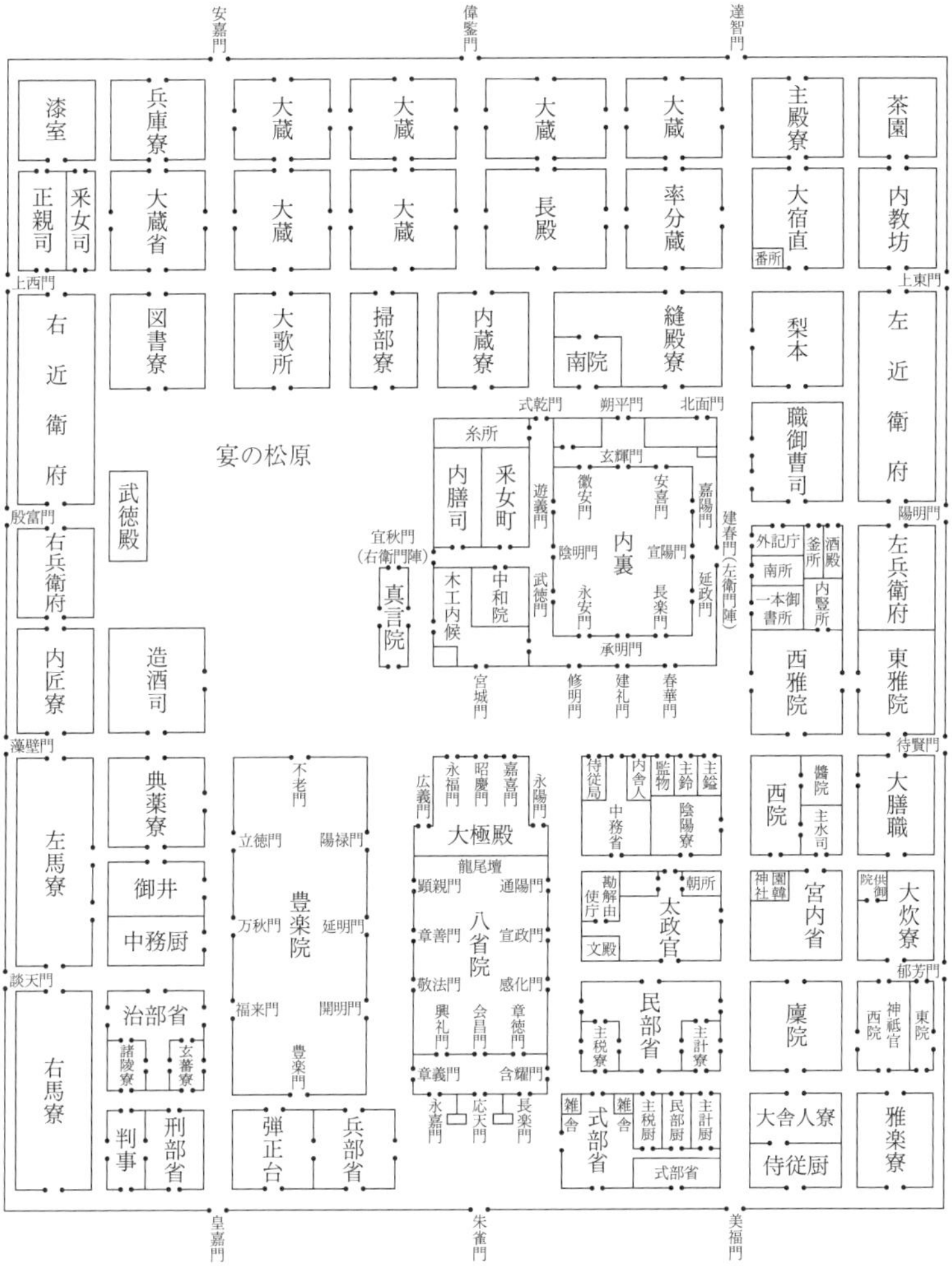
安嘉門
偉鑒門
達智門
漆室
兵庫寮
大蔵
大蔵
大蔵
大蔵
主殿寮
茶園
正親司
采女司
大蔵省
大蔵
大蔵
長殿
率分蔵
大宿直
番所
内教坊
上西門
上東門
右近衛府
図書寮
大歌所
掃部寮
内蔵寮
縫殿寮
南院
梨本
左近衛府
宴の松原
武徳殿
式乾門
朔平門
北面門
糸所
玄輝門
内膳司
采女町
遊義門
徽安門
安喜門
嘉陽門
建春門(左衛門陣)
職御曹司
殷富門
陽明門
右兵衛府
宜秋門(右衛門陣)
陰明門
内裏
宣陽門
外記庁
釜所
酒殿
南所
左兵衛府
真言院
木工内候
中和院
武徳門
永安門
長楽門
延政門
一本御書所
内豎所
内匠寮
造酒司
承明門
西雅院
東雅院
宮城門
修明門
建礼門
春華門
藻壁門
待賢門
左馬寮
典薬寮
不老門
広義門
永福門
昭慶門
嘉喜門
永陽門
侍従局
内舎人
監物
主鈴
主鎰
西院
醤院
大膳職
立徳門
陽禄門
大極殿
中務省
陰陽寮
主水司
龍尾壇
御井
顕親門
通陽門
勘解由使庁
朝所
神社
園韓
宮内省
院供御
大炊寮
豊楽院
万秋門
延明門
八省院
章善門
宣政門
太政官
中務厨
文殿
談天門
郁芳門
敷法門
感化門
福来門
開明門
治部省
民部省
廩院
西院
神祇官
東院
興礼門
会昌門
章徳門
主税寮
主計寮
右馬寮
諸陵寮
玄蕃寮
豊楽門
章義門
含耀門
雑舎
式部省
雑舎
主税厨
民部厨
主計厨
大舎人寮
雅楽寮
判事
刑部省
弾正台
兵部省
永嘉門
応天門
長楽門
式部省
侍従厨
皇嘉門
朱雀門
美福門

◉平安京条坊図

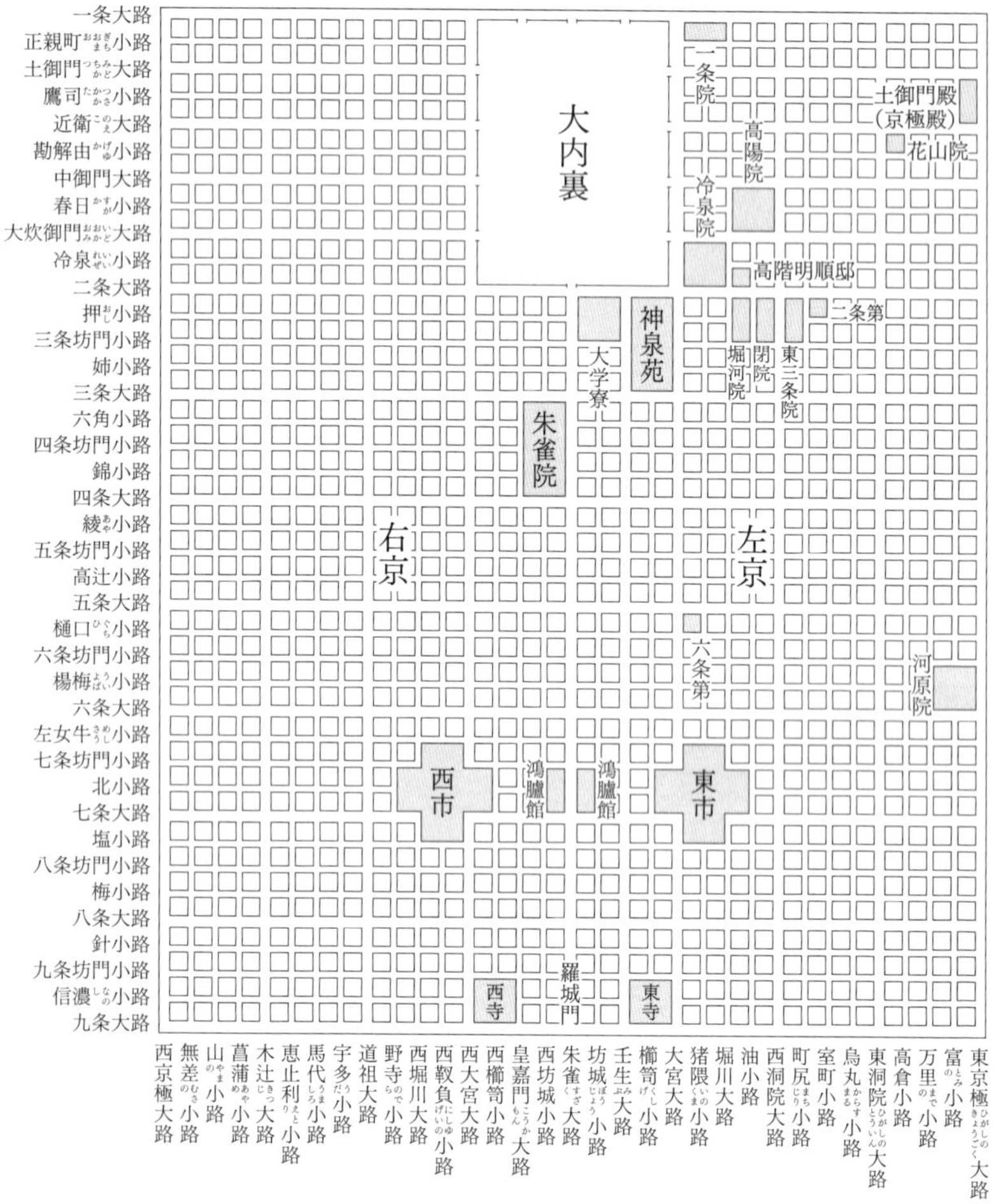
一条大路
正親町《おおぎまち》小路
土御門《つちみかど》大路
鷹司《たかつかさ》小路
近衛《このえ》大路
勘解由《かげゆ》小路
中御門大路
春日《かすが》小路
大炊御門《おおいみかど》大路
冷泉《れいぜい》小路
二条大路
押《おし》小路
三条坊門小路
姉小路
三条大路
六角小路
四条坊門小路
錦小路
四条大路
綾《あや》小路
五条坊門小路
高辻小路
五条大路
樋口《ひぐち》小路
六条坊門小路
楊梅《ようばい》小路
六条大路
左女牛《さめうし》小路
七条坊門小路
北小路
七条大路
塩小路
八条坊門小路
梅小路
八条大路
針小路
九条坊門小路
信濃《しなの》小路
九条大路
大内裏
一条院
土御門殿
(京極殿)
高陽院
花山院
冷泉院
高階明順邸
二条第
神泉苑
大学寮
堀河院
閑院
東三条院
朱雀院
右京
左京
六条第
河原院
西市
鴻臚館
鴻臚館
東市
西寺
羅城門
東寺
東京極《ひがしのきょうごく》大路
富《とみ》小路
万里《までの》小路
高倉小路
東洞院《ひがしのとういん》大路
烏丸《からすまる》小路
室町小路
町尻《まちじり》小路
西洞院大路
油小路
堀川大路
猪隈《いのくま》小路
大宮大路
櫛笥《くしげ》小路
壬生《みぶ》大路
坊城《ぼうじょう》小路
朱雀《すざく》大路
西坊城小路
皇嘉門《こうかもん》大路
西櫛笥小路
西大宮大路
西靫負《にしゆげいの》小路
西堀川大路
野寺《のでら》小路
道祖大路
宇多《うだ》小路
馬代《うましろ》小路
恵止利《えとり》小路
木辻《きつじ》大路
菖蒲《あやめ》小路
山《やま》の小路
無差《むさ》の小路
西京極大路

おわりに

古典文学は古い時代に作られたから価値があるのではありません。長い間読み継がれ、時代を超えて多くの人々に感動を与え続けているところにその真価があるのだと思います。そんな古典文学の一つが『枕草子』です。平安時代に生きた作者は、現代では考えられない男性中心の社会の中で、女性がどのように自己実現を果たせるかを模索し、宮仕えにその答えを見出しました。彼女のつかまえた夢は、主家没落によってはかなく消えてしまいますが、宮仕え中に得た感動と充足感を、せめて形にして残したいと願って完成したのが、この作品だったと考えます。それは、個人の力ではいかんともしがたい社会に対する挑戦状でもあったと私には思われます。千年の時を超え届けられた作者の思いを、本書を通じて感じていただければ幸甚です。

四年前に拙著『枕草子日記的章段の研究』を出版した後、歴史に沿って読む『枕草子』の世界を、一般の方にも広く伝えてはどうかという編集者の勧めで、三省堂のＷｅｂサイトに二週間に一度、二年間にわたって短い記事を掲載させていただきました。その原稿をまとめて構成し直し、本文を改訂して、さらに注と付録を付けて完成したのが本書です。Ｗｅｂ掲載記事を発表した当初から本書出版まで、長くお世話いただきました吉村三恵子氏、本書完成に当たって特に詳細な注記と付録作成にご協力くださった木下朗氏の両編集者に心より感謝申し上げます。

二〇一三年　二月二二日

赤間 恵都子

赤間 恵都子（あかま・えつこ）
石川県金沢市生まれ。日本女子大学大学院文学研究科博士課程後期単位取得満期退学。現在、十文字学園女子大学教育人文学部文芸文化学科教授。博士（文学）。専攻は、『枕草子』『蜻蛉日記』などの平安女流文学。
【主要著書・論文】
『枕草子日記的章段の研究』（三省堂 2009年3月）、「『枕草子』職曹司章段と王朝文化」（『日本文学研究ジャーナル』第15号 2020年9月）他。

歴史読み 枕草子　清少納言の挑戦状

2013年3月31日　第1刷発行
2023年1月10日　第2刷発行

著　者　　赤間　恵都子

発行者　　株式会社 三 省 堂
　　　　　代表者　瀧本多加志
発行所　　株式会社 三 省 堂
　　　　　〒102-8371　東京都千代田区麴町五丁目7番地2
　　　　　電話　(03)3230-9411
　　　　　https://www.sanseido.co.jp/
印刷所　　三省堂印刷株式会社

<歴史読み枕草子・224pp.>

落丁本・乱丁本はお取り替えいたします。　Printed in Japan

ISBN978-4-385-36406-3